Christa Schütt
war schon als Kind eine Leseratte und machte ihre Liebe zu Büchern zum Beruf: Zwölf Jahre arbeitete sie als Buchhändlerin, bevor sie sich 1979 als freie Autorin selbstständig machte. Bis heute hat sie über 40 Bücher veröffentlicht. Bevorzugt schreibt sie über ihre zweite große Liebe, die Tiere. Heute lebt Christa Schütt zusammen mit acht Pferden und einem Hund am Rand der Lüneburger Heide.

Christa Schütt

Ein Pony für drei

Ein neues Zuhause

Schneider Buch

Bibliografische Information Der Deutschen Bibliothek
Die Deutsche Bibliothek verzeichnet diese Publikation in der Deutschen Nationalbibliografie; detaillierte bibliografische Daten sind im Internet über http://dnb.ddb.de abrufbar.

Dieses Buch wurde auf umweltfreundlich hergestelltes Papier gedruckt.

Der Schneider Verlag im Internet:
http://www.schneiderbuch.de

Titelbild und Illustrationen: Wilfried Gebhard
Herstellung/Satz: FIBO Lichtsatz GmbH, Unterhaching
Schrift: 11˙ Souvenir
Druck: Clausen & Bosse, Leck
Bindung: Conzella Urban Meister, München-Dornach
ISBN 3-505-11906-7

03 04 / 8 7 6 5 4 3 2 1

Inhalt

Krankenbesuch

An einem heißen Tag Anfang Juli standen zwei Mädchen in Reithosen und Stiefeln vor der Wohnungstür der Familie Hallwag. Sie hatten schon geklingelt und warteten nun darauf, dass man sie hereinließ.

Bibi strich sich die langen blonden Haare aus dem Gesicht.

„Hier oben ist es ja noch heißer als auf der Straße“, beschwerte sie sich.

„Wir sind ja auch fast unterm Dach“, erwiderte Stups.

Sie starrte auf die Tür, als wollte sie sie mit ihrem Blick zwingen, sich zu öffnen.

„Das dauert ja heute ’ne Ewigkeit“, murmelte sie.

Bibi grinste. „Hab du mal ’ne Grippe hinter dir, dann bist du auch nicht die Schnellste.“

Endlich näherten sich Schritte. Gleich darauf ging die Tür auf.

„Ach, ihr seid’s. Ich dachte, Mami hätte ihren Schlüssel vergessen. Sie wollte zum Stall“, sagte Jan und ließ die Mädchen an sich vorbei. Seine Stimme klang rauer als sonst und seine Augen sahen ungewohnt trüb aus.

Stups musterte ihn mitleidig. „Besonders gesund siehst du noch nicht aus“, stellte sie fest.

„Immerhin steht er wieder auf zwei Beinen“, bemerkte Bibi.

Sie angelte nach dem Stiefelknecht, der bei Hallwags im Flur seinen festen Platz hatte. Stöhnend quälte sie sich aus ihren langen Lederstiefeln. Mit einem erleichterten „Puuuh!“ stellte sie diese zur Seite.

Stups hatte es einfacher. Ihre Stiefel waren aus Gummi und im Schaft ziemlich weit. Das war beim Reiten zwar nicht so ideal, aber jetzt war es durchaus ein Vorteil. Ohne Probleme schlüpfte sie heraus.

„Wie geht's Nicki denn?“, erkundigte sie sich.

„Na ja“, sagte Jan und hob die Schultern. „Fieber hat sie nicht mehr, aber sie röchelt noch ziemlich. Und ihre Laune ist unter null, weil sie noch zwei Tage im Bett bleiben soll. Lena und ich dürfen morgen wieder raus.“

Er drehte sich um und ging zu seinem Zimmer. Im Vorbeigehen wummerte er mit der Hand gegen Nickis Tür.

„Du hast Besuch. Stups und Bibi sind da!“

„Sollen reinkommen“, krächzte eine heisere Stimme.

Grinsend traten die Freundinnen ein.

„Du klingst wie ein alter Rabe“, stellte Stups fest.

„Das tätest du auch, wenn du meinen Hals hättest!“

Nicki saß in T-Shirt und Shorts auf ihrem Bett, noch etwas blass und ein bisschen schniefend, aber eindeutig auf dem Weg der Besserung. Vor sich hatte sie ihren Kassettenrecorder. Er war in Betrieb, doch Nicki hatte die Pausentaste gedrückt.

Stups hockte sich ohne Umstände zu ihr aufs Bett. Bibi zog sich den einzigen Stuhl heran.

„Du kannst die Musik ruhig anlassen“, sagte sie dabei.

„Musik? Denkste!“, krächzte Nicki. „Ich hab Post von Patrick.“

„Und ausgerechnet jetzt stören wir dich", sagte Stups bedauernd. Es klang allerdings nicht ganz echt. „Weiß er was Neues?"

Statt zu antworten schaltete Nicki den Recorder wieder ein.

Eine muntere, sympathische Stimme beendete einen angefangenen Satz: „... mich ertragen müssen. Ich komme ganz bestimmt in der letzten Ferienwoche. Du hast also Zeit genug den Storchenhof zu fegen, Barni auf Hochglanz zu bringen und alle Hindernisse aus dem Weg zu räumen ..."

Ein neuer Tastendruck schnitt der Stimme das Wort ab.

„Er kommt also wirklich?", fragte Bibi ungläubig. „Das hätte ich nicht gedacht."

„Ich schon", sagte Nicki zufrieden. „Was Patrick verspricht, das hält er auch."

„Also, ich find's ganz schön mutig, dass er sich das traut", sagte Stups bewundernd. „Wenn man bedenkt, dass er blind ist ..."

„Dass Patrick blind ist heißt noch lange nicht, dass er keine Besuche machen kann", unterbrach Nicki die Freundin. „Von seinem Internat aus unternehmen sie auch Reisen und probieren alle möglichen Sportarten aus. Wenn er hier ist, werde ich bestimmt mit ihm ausreiten. Jetzt, wo wir außer Barnabas auch noch Maja haben, ist das überhaupt kein Problem ..."

Ihre Stimme versagte. Langes Sprechen war noch nicht ganz das Richtige für sie.

Aber weitere Erklärungen waren auch gar nicht nötig. Bibi und Stups wussten ja längst, dass die Schimmelstute Maja und der graue Wallach Barnabas die besten Freunde waren.

Beide Pferde stammten aus dem Connemara-Gestüt „Voigtland“, das Patricks Vater gehörte. Dort hatte Nicki den blinden Jungen kennen gelernt und sich mit ihm angefreundet. Sie schickten sich regelmäßig Hörbriefe auf Kassette.

„... macht er denn so?“, krächzte Nicki, als sie halbwegs wieder reden konnte.

Auch jetzt wussten die Freundinnen genau, was sie meinte.

„Barnabas? Der ist frech wie immer“, erzählte Stups. „Gestern hat er mir wieder eine volle Mistkarre umgeschmissen. Zur Strafe habe ich ihn heute geritten. Er war ganz schön hüpfig. Wenn er ein paar Tage nichts getan hat, platzt er vor Kraft.“

„Aber Stups ist prima mit ihm fertig geworden“, lobte Bibi. „Zum Schluss ging er echt gut. Gitta hat uns zusammen eine Aufgabe reiten lassen. Das war super.“

„Ja, so was mag er“, bestätigte Nicki. „Seid ihr auch gesprungen?“

Stups schüttelte den Kopf. „Nee“, sagte sie bedauernd.

Nicki unterdrückte einen erleichterten Seufzer. Solange sie nicht bei ihrem Pferd sein konnte, gönnte sie Stups jede Reitstunde. Sie war sogar ehrlich froh, dass der Frechdachs bewegt wurde. Aber Springen – das war etwas anderes.

Barnabas war ein begeistertes Springpferd, das die Hindernisse fast von allein nahm. Seine Technik war perfekt und sein Eifer einmalig. Mit ihm zu springen war wie fliegen. Oder jedenfalls beinahe. Zum Glück waren es jetzt nur noch wenige Tage, bis sie sich wieder in seinen Sattel schwingen durfte. Es wurde auch langsam Zeit!

„Gibt's sonst noch was Neues?“, fragte sie.

„Kommt ganz drauf an“, sagte Bibi.

Nicki runzelte die Stirn. „Was kommt worauf an?“

„Wir wissen ja nicht, was deine Mutter schon erzählt hat“, erklärte Stups.

Frau Hallwag gehörte seit einiger Zeit zu den wenigen erwachsenen Reitschülern, die auf dem Storchenhof bei Brigitta Berger Unterricht nahmen.

Nicki räusperte sich, um den Hals freizubekommen. Eigentlich hatte sie schon viel zu viel geredet.

„Mami war ja kaum im Stall, weil sie uns pflegen musste“, krächzte sie.

„Dann weißt du also noch gar nicht, dass Ali jetzt mit den anderen Pferden zusammen steht?“, fragte Stups.

Nicki schüttelte den Kopf.

Bibi grinste. „Du hast echt was versäumt, Nicki. Menja, die alte Ziege, hat sich aufgeführt wie eine Verrückte. Sie hat sich ja schon geärgert, als eure Maja in die Gruppe kam, aber jetzt ist sie richtig explodiert. Die ersten Tage hat sie über den Zaun gegiftet, sobald Alena nur einen Schritt darauf zu gemacht hat. Gestern hatte sie sich dann halbwegs beruhigt, und Gitta meinte, nun könnten wir sie zusammenlassen."

Bibi brach ab, weil sie plötzlich kichern musste.

„Also haben wir sie mit Barnabas, Wolli, Maja und Menja auf die Weide gebracht", nahm Stups den Faden auf. „Du weißt ja, wie Gitta das macht. Erst das neue Pferd, dann nach und nach den Rest der Gruppe dazu. Das ging auch prima – bis Menja kam. Da war plötzlich der Teufel los. Mit Zähnen und Hufen ist sie auf die arme Ali losgegangen. Die wusste zuerst überhaupt nicht, wie ihr geschah. Aber dann hat sie sich gewehrt und kräftig zurückgepfeffert. Das war vielleicht ein Gequieke und Geschrei!"

„Mein armer Wolli sah ganz verschreckt aus", sagte Bibi immer noch kichernd. „So verrückte Weiber hat der in seinem ganzen Leben noch nicht gesehen."

„Und Barnabas ist immerzu um die beiden herumgerannt und hat sie abwechselnd gekniffen", gluckste Stubs. „Nur Maja hat sich aus allem rausgehalten. Die stand einfach da und guckte in die Gegend."

„Und Gitta?“, fragte Nicki gespannt. „Was hat Gitta gemacht?“

„Die hat sich das Theater eine Weile angeschaut und den Kopf geschüttelt“, erzählte Bibi. „Dann hat sie nach und nach erst Maja und dann die Wallache von der Weide gesammelt. Zum Schluss hat sie die Stuten getrennt. Frag mich nicht, wie sie das gemacht hat. Jedenfalls hat sie es geschafft, Menja in eine Ecke zu drängen und dort festzuhalten, bis Tanja ihre Ali rausgeholt hatte.“

„Jetzt steht Menja bei den Friesen und ärgert sich“, sagte Stups schadenfroh. „Das hat sie davon!“

„He, du sprichst von deinem Pflegepferd“, sagte Nicki tadelnd.

„Na und?“ Stups zuckte die Schultern. „Trotzdem spinnt sie manchmal.“

„Jedenfalls muss Menja jetzt ganz kleine Brötchen backen“, sagte Bibi zufrieden. „Bei Joschi kann sie sich keine Mätzchen erlauben.“

Auf dem Storchenhof war es nämlich so, dass die Pferde und Ponys in kleinen Gruppen in geräumigen Ausläufen lebten. Nur auf die Weide kamen sie alle zusammen. Dann war der schwarze Friese Joschi der von allen Pferden anerkannte Chef, dem sich niemand widersetzte. Auch Menja nicht.

„Die anderen verstehen sich übrigens bestens“, fuhr Bibi fort. „Na, ist ja auch kein Wunder. Alena stammt schließlich auch vom ‚Voigtland‘.“

„Und dein Wolli ist sowieso friedlich, solange Barnabas bei ihm ist", ergänzte Nicki.

„Stimmt", bestätigte Bibi. „Seit Barni auf dem Storchenhof ist, habe ich viel weniger Probleme mit Wolli. Früher war er manchmal ganz schön schwierig und schrecklich faul. Jetzt hat er meistens gute Laune und arbeitet viel besser mit."

„Ja, für einen Haflinger ist er eigentlich ganz nett", bemerkte Stups grinsend.

Bibi überhörte den gutmütigen Spott. Kommentare von ihren Freundinnen nahm sie schon lange nicht mehr krumm. Außerdem war ihr wieder eingefallen, warum sie eigentlich gekommen waren. „Du, Nicki, stell dir vor, der Eichroder Verein macht in ein paar Wochen einen Ritt nach Neuwerk!", platzte sie heraus.

„Ja? Und?" Nicki hatte keine Ahnung, wo oder was Neuwerk war.

„Sie weiß es nicht!", sagte Stups mit ernstem Gesicht und nickte Bibi bedeutungsvoll zu.

„Was weiß ich nicht?", flüsterte Nicki, der schon wieder die Stimme versagte. „Wo ist die Sensation?"

„Mensch, Neuwerk ist 'ne Insel in der Nordsee, und der Ritt geht die ganze Zeit durchs Watt!", rief Bibi lauter als nötig. „Die Eichroder machen das jedes Jahr. Tanja war letztes Mal dabei, und sie sagt, der Ritt sei ein absoluter Hammer. Den muss man einfach mitmachen!"

Ehe Nicki antworten konnte, öffnete sich die Zimmertür. Auf der Schwelle standen Jan und Lena.

„Wir wollen auch mit!"

„Ihr?" Drei Augenpaare richteten sich auf Nickis jüngere Geschwister. „Ihr seid noch viel zu klein!"

„Außerdem habt ihr gar kein Pferd", sagte Nicki mit Nachdruck.

Jan trat drohend einen Schritt näher. „Wir haben genau so viel Pferd wie du!"

„Jawohl, genau ein Drittel!", rief Lena.

Nicki verzog das Gesicht. Sie ließ sich nicht gern an die Tatsache erinnern, dass Barnabas ihr nicht allein gehörte. In den letzten Wochen hatte Jan den Grauen schon regelmäßig im Unterricht geritten. Es hatte besser geklappt, als Nicki lieb war. Wahrscheinlich würde es nun nicht mehr lange dauern, bis auch Lena auf Barnis Rücken wollte. Zur Zeit war sie zum Glück noch ganz zufrieden damit, Gittas Schulponys zu reiten und ab und zu Maja, die Stute ihrer Mutter. Nur – wie lange blieb das so?

„Entscheiden können wir das jetzt sowieso nicht", wich Nicki geschickt aus. „Ihr wisst ja, dass Mami und Papi immer erst Gitta fragen, ehe sie uns was erlauben."

Ihre Stimme klang jetzt lieb und versöhnlich. Wenn man bei den Eltern etwas erreichen wollte, durfte kein Streit in der Luft liegen. Besonders der Vater wurde sofort ärgerlich, wenn er merkte, dass die Geschwister sich wegen Barnabas zankten. Nicki wollte auf keinen Fall den Ritt gefährden. Denn dass sie ihn mitmachen würde, stand für sie bereits felsenfest.

Eine traurige Nachricht

Frau Hallwag kam in bester Laune vom Stall zurück. Endlich hatte sie wieder auf dem Pferd gesessen. Es war diesmal keine Einzelstunde gewesen. Gitta hatte sie kurzerhand in der Gruppe mitreiten lassen, die sie gerade auf dem Platz unterrichtete.

„Ein bisschen komisch bin ich mir zwischen all den Zwergen schon vorgekommen“, erzählte die Mutter lachend. „Aber es war trotzdem nett.“

Jan machte eine ungeduldige Handbewegung. „Hast du uns für morgen zum Reitunterricht angemeldet?“, fragte er gespannt.

Frau Hallwag schüttelte den Kopf. „Von wegen. Morgen steckt ihr erst mal vorsichtig die Nase vor die Tür und gewöhnt euch wieder an die frische Luft. Ihr könnt die Pferde ein bisschen putzen und ...“

Das Klingeln des Telefons unterbrach sie mitten im Satz. Sie griff zum Hörer und meldete sich. Ihr eben noch so fröhliches Gesicht wurde ernst und blass.

„Ach, Paul, warum gerade jetzt? Es sah doch so gut aus“, sagte sie, und ihre Stimme klang unendlich traurig. Erschrocken sahen die Geschwister sich an. Was war passiert?

Stumm lauschten sie auf das, was die Mutter sagte, aber einen richtigen Reim konnten sie sich nicht darauf machen. Sie bekamen ja nur Bruchstücke mit.

Als die Mutter den Hörer zurücklegte, war es mit dem Schweigen vorbei.

„Ist was im Geschäft passiert?“, fragte Nicki besorgt.

„Was hat Papi gesagt?“, rief Jan gleichzeitig.

„Ist er jetzt auch krank?“, erkundigte sich Lena mit großen Augen.

„Viel schlimmer.“ Frau Hallwag nahm die drei, die sich um sie drängten, alle auf einmal in den Arm. „Euer Opa ist tot. Vor einer Stunde ist er eingeschlafen.“

Jan schluckte. „Dann ist die Oma ja jetzt ganz allein“, sagte er leise.

„Müssen wir jetzt zur Be-Be-Beerdigung?“, stotterte Lena weinend.

Nicki biss sich auf die Lippen. War es schlimm, dass ihr keine Tränen kamen? Sie war traurig, aber nicht richtig unglücklich.

Die Großeltern wohnten weit weg in München und waren nur selten zu Besuch gekommen. Der Opa war mit den Jahren immer seltsamer und vergesslicher geworden, manchmal wusste er nicht einmal, dass er Enkelkinder hatte. Reisen hatten ihn verwirrt und unruhig gemacht.

„Er war ja schon lange krank“, sagte Nicki. Es klang wie eine Entschuldigung.

„Ja, das war er“, bestätigte die Mutter. „Für die Oma ist es trotzdem schlimm. Papi fährt heute noch hin, damit er ihr beistehen kann. Ich fahre dann zur Beerdigung hinterher. Allein.“

Tröstend strich sie Lena über das Haar. „Ihr müsst nicht mitkommen. Schreibt der Oma einen lieben Brief, den nehme ich dann mit.“

Drei Köpfe nickten. Das war eine gute Idee.

„Ich male ihr noch ein Bild“, sagte Lena erleichtert.

„Und ich erzähle ihr ganz lustige Sachen, dann kann sie vielleicht ein bisschen lachen“, nahm Jan sich vor.

Nicki überlegte einen Augenblick, dann hatte sie eine Idee.

„Wir könnten sie doch einladen“, schlug sie vor. „Lena kann ja ein paar Tage bei mir im Zimmer schlafen.“

„Daran haben Papi und ich auch schon gedacht“, sagte die Mutter und lächelte Nicki zu. „Wenn Oma einverstanden ist, bringen wir sie mit.“

Drei Gesichter hellten sich auf. Die Oma hatten alle gern. Sie rief oft an und interessierte sich für alles, was die Kinder erlebten. Und sie fragte jedes Mal nach Barnabas und seinen neuesten Streichen.

„Dann können wir ihr endlich Barni und Maja zeigen“, sagte Lena glücklich.

„Und Mami kann ihr zeigen, wie gut sie schon reitet“, ergänzte Jan.

„Und mir kann sie beim Springen zuschauen“, erklärte Nicki stolz.

„Wenn sie das möchte!“, sagte die Mutter mit Betonung. „Tut mir einen Gefallen, Kinder, und überfallt die Oma nicht gleich mit euren Wünschen. Falls sie wirklich mitkommt, hat sie vielleicht ganz andere Dinge im Kopf als unser Hobby.“

Gitta erfuhr die traurige Neuigkeit am nächsten Tag von Lena und Jan. Sie kam am Abend, um ihre Hilfe anzubieten. „Wenn du nach München fährst, kannst du die drei gerne bei mir abladen, Sabrina“, schlug sie vor. „Allerdings müssen sie ihre Schlafsäcke mitbringen. So viele Bettdecken besitze ich nicht.“

„Danke, Gitta, das erleichtert vieles“, sagte Frau Hallwag. „Dann habe ich schon mal eine Sorge weniger. Dass die Bande bei dir gut aufgehoben ist, weiß ich ja.“

Die Geschwister sahen sich an. Sie wagten nicht, ihre Begeisterung über Gittas Vorschlag offen zu zeigen. Das würde ja so aussehen, als ob ihnen der

Tod des Großvaters völlig gleichgültig wäre. Und so war es ja nicht. Ob es schlimm war, wenn sie sich trotzdem ein bisschen freuten?

Bei Nicki lagen das Mitgefühl für die Großmutter und die Vorfreude auf die Tage bei Gitta besonders dicht beieinander. Sie hatte schon früher einmal eine Woche auf dem Storchenhof gewohnt. Es war toll gewesen. Seit damals fühlte sie sich dort wie zu Hause.

Als Nicki zwei Tage später zum ersten Mal wieder bei ihrem Pferd war, hatte sich die Neuigkeit schon herumgesprochen.

„Wieso hast du immer so ein Glück?", beschwerte sich Bibi.

„Glück? Na, ich weiß nicht", meinte Stups. „Wenn mein Opa sterben würde, wäre ich so traurig, dass mir der Storchenhof ganz egal wäre."

Stups' Großvater wohnte in der Nähe und war sehr lieb und großzügig.

„So richtig doll freuen kann Nicki sich bestimmt nicht", sagte Carmen.

Nicki hob die Schultern. „Mir wär's lieber, wir hätten einen anderen Grund, um hier einzuziehen", gab sie zu.

Damit war das Thema beendet. Die Pferde warteten auf ihre Reiterinnen, ganz besonders Barnabas. Er hatte schon zweimal fragend herübergewiehert: Kommst du nun endlich?

Als Nicki ihn aus dem Auslauf holte, stupste er sie so energisch mit dem Kopf an, dass er sie fast umwarf. Das tat er sonst nie, denn eigentlich war er sehr gut erzogen.

„Du freust dich, hm?“, sagte Nicki glücklich und klopfte ihm liebevoll den Hals. Wie gut, dass es den Grauen gab. Auf seinem Rücken hatte man keine Zeit für traurige Gedanken.

Aber man hatte auch keine Zeit für Vorfreude. Das merkte Nicki schnell, als sie oben saß. Die ruhigen Tage ohne das regelmäßige Training machten sich bemerkbar. Barnabas war übermütig wie in seinen allerersten Tagen auf dem Hof.

Nicki hatte alle Hände voll zu tun, um ihn zu einem gesitteten Benehmen zu überreden. Für eine Stunde vergaß sie alles andere um sich herum.

Jan und Lena hockten mit einigen anderen Reitschülern am Rand des Reitplatzes. Das taten sie oft, denn beim Zuschauen konnte man eine Menge lernen. Besonders Jan ließ sich keine Gelegenheit entgehen, Barnabas zu beobachten. Er ritt den Grauen jetzt schon zwei Mal in der Woche. Im Herbst, wenn in Eichrode das kleine Turnier stattfand, wollte er mit Barnabas an der Reiterprüfung teilnehmen. Jan hatte sich fest vorgenommen, ganz vorne dabei zu sein. Was Nicki konnte, das konnte er schon lange!

Lena beobachtete die Störche, die über dem Nest auf dem Dach kreisten.

Es waren die Jungen, die gerade erst das Fliegen gelernt hatten. Wenn sie landeten, sah es manchmal noch etwas unbeholfen aus. Aber sie standen jedes Mal sicher auf ihren langen Beinen.

Neben Lena lag Clown, Gittas kleiner weißer Hund. Seinen lustigen Namen verdankte er dem schwarzen Ring, der sich um sein rechtes Auge zog. Clown liebte alle Reitschüler und Voltigierkinder, die auf den Hof kamen, aber Lena liebte er besonders. Nur wenn Gitta nach ihm rief oder pfiff, ließ er Lena im Stich und sauste davon, um sich seiner Herrin anzuschließen. Gitta war der Mittelpunkt seines glücklichen Hundelebens.

„Ich wünschte, ich könnte auch einen Hund wie dich haben“, seufzte Lena, während sie ihn kraulte. „Ein eigener Hund, das wäre toll!“

„’n Hund, du hast vielleicht Nerven!“, schnaubte Jan. „Wir haben gar keinen Platz für noch mehr Tiere. Und wenn Oma zu uns zieht, erst recht nicht. Oder willst du vielleicht Suse und Paula abschaffen? Oder Wurzel?“

Suse und Paula waren die Meerschweinchen und Wurzel der Kater der Familie.

„Quatsch!“, sagte Lena empört. „Aber deshalb kann ich mir doch trotzdem einen Hund wünschen.“

Jan zuckte nur die Schultern. Er hätte selber auch gern einen Hund gehabt, aber er wusste genau, dass das ein Wunschtraum bleiben würde. Die Wohnung war wirklich nicht groß genug.

„Du verstehst überhaupt nichts“, sagte Lena beleidigt. Ärgerlich drehte sie ihrem Bruder den Rücken zu.

Viel Zeit zum Schmollen blieb ihr allerdings nicht. Gitta hatte die Reitstunde beendet. Die großen Mädchen, die daran teilgenommen hatten, legten die Zügel auf die Pferdehälse und saßen ab.

„Lena, willst du Maja trockenreiten?“, rief Stups und winkte ihr zu. Stups gehörte zu denjenigen, die die Stute reiten durften, weil eine Hälfte von Maja Gitta gehörte.

Wie der Blitz war Lena auf den Beinen. Sie

schlüpfte unter dem Zaun durch und rannte über den Platz. Jan sauste zu Barnabas hinüber.

Nicki übergab ihm bereitwillig ihr Pferd und trollte sich.

Sie wollte von Tanja Näheres über den geplanten Watt-Ritt erfahren. Da war es ganz gut, wenn Jan nicht in der Nähe war. Was er nicht hörte, konnte er nicht petzen.

Eigentlich war Jan keine „Petze", aber wenn es darum ging, seine Rechte an Barnabas zu verteidigen, konnte es schon mal vorkommen, dass er zu Gitta oder den Eltern rannte, um sich über die große Schwester zu beschweren.

Auch Bibi, Stups und Carmen wollten mehr über den Ritt erfahren.

„Wie ist das denn so? Im Watt, meine ich?", fragte Carmen.

„Da ist doch bloß Schlick, oder? Können die Pferde da überhaupt laufen?"

„Na klar, sonst würde man dort doch nicht reiten!", sagte Tanja und grinste. „Einmal im Jahr werden da sogar Rennen veranstaltet."

Aber darüber wollte jetzt niemand etwas hören.

„Wie findet man die Insel überhaupt? Kann man die vom Land aus sehen?", wollte Bibi wissen. „Wegweiser wird es da ja wohl nicht geben."

„Doch, die gibt es", versicherte Tanja den ungläubigen Freundinnen. „Das sind lange Stangen mit einem Busch oben dran. Sie heißen Priggen und zeigen einem genau den Weg. Wenn man an ihnen entlangreitet, kann man sich nicht verirren. Alle richten sich danach, auch die Fußgänger und die Fahrer von den Wattwagen."

„Was sind denn Wattwagen?", fragte Nicki neugierig. Sie hatte das Wort noch nie gehört.

„Das sind Wagen mit ganz hohen Rädern", erklärte Tanja bereitwillig. „Und die Seitenwände sind auch ziemlich hoch. Wenn man nach Neuwerk will, muss man nämlich durch einige Priele fahren, und da ist immer Wasser drin. Damit die Passagiere nicht nass werden, sind die Wagen so gebaut."

Bibi dachte nach. „Aber wenn in den Prielen so viel Wasser ist, kommen wir da mit unseren Pferden doch nicht durch", sagte sie besorgt.

„Doch, das geht schon", meinte Tanja beruhigend. „Wir müssen ja nicht in einer Tide hin und zurück."

„Du und deine Fremdwörter", schimpfte Stups und schüttelte den Kopf. „Kannst du nicht deutsch mit uns reden?"

Tanja lachte. „Ist es vielleicht meine Schuld, dass ihr keine Ahnung habt?", erwiderte sie. Aber dann erklärte sie doch, was die anderen wissen wollten.

„Ungefähr sechs Stunden lang geht das Wasser zurück. Das ist die Ebbe, da kann man reiten", sagte sie. „Dann kommt die Flut, und das Watt verschwindet wieder unter Wasser. Das dauert auch ungefähr sechs Stunden. Diese Zeiten nennt man Tide. Wir reiten also während der Ebbe zur Insel, warten die Flut ab und reiten bei der nächsten Ebbe wieder zurück. So können sich die Pferde zwischendurch ausruhen."

Vier Köpfe nickten. Jetzt war allen klar, wie die Sache funktionierte.

„Dann müssen wir aber ganz schön früh aufstehen", rechnete Stups.

„Stimmt", bestätigte Tanja. „Aber glaubt mir, es lohnt sich! Ein Ritt durchs Watt ist toll."

Bibi und Nicki sahen sich an und grinsten. „Wir machen mit!"

Auch Carmen und Stups wechselten einen Blick. Ein eigenes Pferd müsste man haben!

Wo steckt Clown?

Eine Woche später zogen die Geschwister mit Sack und Pack auf den Storchenhof. Drei wundervolle lange Tage mit der ganzen Pferdeherde lagen vor ihnen. Sie hatten sich vorgenommen, so viele Stunden wie nur möglich mit Barnabas und Maja zu verbringen. Aber es kam ganz anders.

Kaum waren sie angekommen, änderte sich das Wetter. Dem Sonnenschein der vergangenen Tage folgten dunkle Wolken. Ab und zu donnerte es schon in der Ferne, und manchmal zuckte ein Blitz über den Himmel.

„So ein Mist!“, schimpfte Jan erbost. „Warum muss es ausgerechnet dann gewittern, wenn wir mal richtig viel Zeit haben.“

Aber noch war es nicht so weit.

„Wenn wir uns beeilen, können wir noch ’ne Stunde reiten“, meinte Nicki und rannte los, um Barnabas’ Sachen zu holen.

Jan und Lena sausten hinterher und schnappten sich alles, was sie für einen Ritt auf Maja brauchten. In Windeseile wurden die Ponys geputzt und gesattelt. Zehn Minuten später standen sie schon auf dem Reitplatz.

Dort war Gitta noch bei der Arbeit. Sie hatte zwei junge Pferde zur Ausbildung angenommen. Jeden Morgen ritt sie Caruso und Jerry, um ihnen alles beizubringen, was ein zuverlässiges Reitpferd können muss. Beide hatten schon eine Menge gelernt.

„Komm Jan, du kannst Caruso trockenreiten“, rief Gitta dem Jungen zu. „Dann habe ich noch Zeit für Jerry.“

Zögernd ließ Jan Majas Zügel los. Er hatte gerade mit Lena ausgehandelt, dass er als Erster reiten durfte. Aber Gittas Angebot konnte er natürlich nicht ausschlagen. Es war eine Ehre, wenn man eines der jungen Pferde trockenreiten durfte. Das erlaubte Gitta nicht jedem.

Lena freute sich. Nun musste sie nicht zuschauen und hoffen, dass Gewitter und Regen so lange ausblieben, bis sie endlich an der Reihe war. Sie stellte sich die richtige Bügellänge ein und saß auf.

Nicki ritt mit Barnabas schon Schlangenlinien und Volten. Das waren Übungen, die ein Pferd schön locker und geschmeidig machten. Gitta begann jede Reitstunde mit solchen Lektionen. Nicki folgte ihrem Beispiel schon ganz automatisch.

„Oh, oh“, sagte Gitta, als sie mit Jerry auf den Platz kam.

„Hoffentlich fällt uns der Himmel nicht auf den Kopf.“

Die dunklen Wolken waren jetzt schon fast schwarz. Sie sahen so bedrohlich aus, dass Lena gar nicht mehr hinschauen mochte.

„Ich höre jetzt auf“, sagte sie entschlossen und lenkte Maja zum Ausgang, den Gitta offen gelassen hatte.

„Ich auch. Caruso ist sowieso trocken“, erklärte Jan und folgte ihrem Beispiel.

Nur Nicki mochte ihre Stunde noch nicht beenden. Sie schielte zwar auch immer wieder nach oben, aber sie ritt weiter. Barnabas war das gar nicht recht. Er spürte das näher kommende Gewitter und wollte zurück zu seiner Herde. Immer wieder begann er zu tänzeln und ungeduldig mit dem Kopf zu schlagen.

„Nicki, hör besser auf, es hat keinen Zweck mehr“, riet Gitta. „Barnabas hört dir gar nicht mehr zu. Bring ihn weg, ich komme auch gleich.“

Das war ein kluger Rat. Nicki hatte ihr zappeliges Pony gerade in den Auslauf gebracht, als ein fürchterlicher Donnerschlag das Gewitter in Gang setzte. Ohne sich noch einmal umzudrehen, rannte sie zum Haus. Jan hielt ihr die Tür auf. Im letzten Augenblick schlüpfte Nicki ins Trockene.

Lena stand am Küchenfenster. „Die arme Gitta“, meinte sie, „die wird jetzt ganz nass.“

Jan nickte bestätigend. „Das gießt ja wie aus Eimern.“

„Und absatteln muss sie auch noch“, sagte Nicki schaudernd.

Als Gitta endlich in der Küche stand, war sie nass bis auf die Haut. Das Wasser tropfte von ihren Kleidern herunter, und zu ihren Füßen bildeten sich kleine Pfützen.

„Ich muss mich erst mal umziehen“, meinte sie bibbernd und verschwand.

Es dauerte eine ganze Weile, bis sie zurückkam.

„Die Haare waren ohnehin nass, da habe ich sie gleich gewaschen und anschließend trockengefönt“, sagte sie, als sie wieder auftauchte.

Ihr Blick glitt suchend durch die Küche. „Wo ist eigentlich Clown? Ich dachte, er wäre mit euch reingegangen."

„Ist er nicht, jedenfalls nicht mit Lena und mir." Jan schüttelte den Kopf. „Hast du ihn gesehen, Nicki?"

„Nö, aber ich habe auch nicht auf ihn geachtet. Ich wollte bloß schneller als der Regen sein", war die Antwort.

„Dann treibt er sich bestimmt noch irgendwo auf dem Hof rum", vermutete Gitta. „Na, er wird schon ein trockenes Plätzchen gefunden haben."

Sie begann Teller und Becher auf den Tisch zu stellen, um ihre Gäste mit einem zweiten Frühstück zu bewirten. Dafür würde später das Mittagessen ausfallen.

Das Gewitter war bald vorüber, aber der Regen und der stürmische Wind wollten einfach nicht aufhören. Ergeben hockten sich die Geschwister um den Küchentisch, um sich die Zeit mit einem Spiel zu vertreiben. Gitta machte auch mit, aber sie war nicht so recht bei der Sache. Immer wieder ging sie zur Tür und pfiff nach Clown. Aber der kleine Hund zeigte sich nicht.

„Ich möchte wirklich wissen, wo der Kerl steckt", knurrte sie, halb besorgt, halb ärgerlich.

Ihre Unruhe färbte ab. Alle horchten, ob nicht doch das vertraute Bellen ertönte, mit dem Clown anzeigte, dass er ins Haus wollte.

„Wenn es wieder trocken ist, suchen wir ihn“, erklärte Jan entschlossen. „Vielleicht ist er wieder auf dem Heuboden und kommt allein nicht runter.“

„Möglich wäre es“, gab Gitta zu.

Clown war schon einmal die steile Leiter zum Boden hinaufgeklettert. Für den Abstieg hatte sein Mut dann aber nicht mehr gereicht.

Gegen Mittag hörte der Regen auf. Zu viert gingen sie über den Hof und riefen und pfiffen. Aber auch jetzt rührte sich nichts.

„Komisch“, murmelte Jan besorgt. „Sonst kommt er doch immer sofort, wenn Gitta nur hustet.“

Sie dehnten ihre Suche aus, liefen den Grenzweg auf und ab, gingen hinüber zur Weide und weiter bis zu dem breiten Graben, der dahinter lag. Doch Clown blieb wie vom Erdboden verschluckt.

„Wenn ihm bloß nichts passiert ist“, flüsterte Lena bange. „Manchmal werden Hunde überfahren.“

„Aber nicht auf dem Grenzweg!“, erwiderte Nicki und schüttelte energisch den Kopf. „Hier ist doch überhaupt kein Verkehr.“ Doch das Gebüsch am Straßenrand suchte sie trotzdem mit ab.

Als am Nachmittag die Reitschüler kamen, wurde die Suche noch weiter ausgedehnt. Zu Fuß, mit Rädern und mit Pferden zogen sie los. Nicki, Tanja und Bibi ritten bis in den Wald, den sie immer auf ihren Ausritten durchquerten. Umsonst. Inzwischen hatte Gitta bei der Polizei, der Feuerwehr und im Tierheim angerufen. Nirgends war ein Hund abgegeben oder ein Unfall gemeldet worden.

„Und wenn ihn ein Hundefänger mitgenommen hat?“, fragte Tanja leise.

„Spinnst du?!“ Es hätte nicht viel gefehlt, und Jan wäre mit den Fäusten auf sie losgegangen. „Wie kannst du so was überhaupt sagen!“

Lena heulte los. Die Anspannung war so groß, dass sie die Tränen nicht länger zurückhalten konnte. Gitta nahm sie tröstend in den Arm.

„Er wird schon wieder auftauchen“, sagte sie leise. „Unkraut vergeht nicht, das weißt du doch.“

In dieser Nacht schliefen die Geschwister so schlecht wie noch nie in ihrem Leben. Immer wieder wachten sie auf, weil ihre kurzen Träume ihnen die schrecklichsten Bilder zeigten. Am Morgen hatten sie dunkle Ringe unter den Augen, und niemand wollte frühstücken.

Als das Telefon klingelte, flogen bange Blicke zu dem Apparat. Wer war dran? Die Polizei? Das Tierheim? Hatte endlich jemand Clown gefunden?

Gitta meldete sich mit belegter Stimme. Aber dann leuchtete ihr Gesicht auf.

„Gott sei Dank!“, rief sie erleichtert. „Wir hatten uns schon große Sorgen gemacht. Ach, bin ich froh! Ja, wir holen ihn sofort ab. Vielen Dank, Frau Feldmann.“

Mit einem tiefen Seufzer legte sie den Hörer zurück.

„Kinder, unser Kleiner ist wieder aufgetaucht. Und er ist heil und gesund!"

„Hurra!", schrie Jan und fand sofort seinen Appetit wieder.

„Wo ist er?", wollte Nicki wissen.

„Wer ist Frau Feldmann?", fragte Lena.

„Frau Feldmann ist die Besitzerin von Blondi, und Blondi ist eine gute Freundin von unserem Clown. Wenn sie läufig wird, ist er ganz verrückt nach ihr. Sie ist die einzige Hündin, der er nachläuft. Deshalb geht Frau Feldmann in dieser Zeit nie hier spazieren. Aber gestern hat ihre Mutter Blondi gehütet. Sie hat wohl nicht daran gedacht und den Morgenspaziergang genau vor Clowns Nase gemacht. Da hat er natürlich die Spur aufgenommen und ist ihr gefolgt. Als das Gewitter losging, hat er sich in Feldmanns Gartenschuppen verkrochen, und da muss dann die Tür zugefallen sein. Sie haben ihn erst heute Morgen entdeckt."

Gitta lachte vor Erleichterung. „Ihm schadet diese Nacht gar nichts – aber uns hätte ich sie gern erspart", sagte sie.

Sie warf einen Blick auf die Uhr. „Möchtet ihr Clown abholen? Ich habe gleich eine Reitstunde und kann erst mal nicht weg."

„Machen wir!" Nicki griff schon nach der Leine.

Jan ließ sich von Gitta den Weg beschreiben. Dann holten sie ihre Räder und flitzten los.

Clown winselte vor Freude, als er seine Befreier hörte. Er erkannte ihre Stimmen sofort und kratzte mit seinen Pfoten heftig an der Tür, um sie zur Eile anzutreiben.

„Ich habe ihn vorsichtshalber im Schuppen gelassen", sagte Frau Feldmann entschuldigend. Sie öffnete die Tür. Ein weißer Blitz schoss heraus, tanzte um die Kinder herum und sprang immer wieder an ihnen hoch.

Schmunzelnd beobachtete Frau Feldmann die stürmische Begrüßung. Sie mochte den fröhlichen kleinen Hund, und seine überschwängliche Freude war ansteckend.

Aber plötzlich bekam ihr Gesicht einen besorgten Ausdruck.

„Wisst ihr eigentlich schon, dass der alte Herr Albrecht gestorben ist?", fragte sie. „Letzte Woche schon. Jetzt streiten sich seine Söhne um das Erbe. Na, das gibt bestimmt noch viel Ärger."

Die Geschwister hatten keine Ahnung, wer Herr Albrecht war, und es interessierte sie auch nicht besonders.

Nicki murmelte höflich: „Ach ja?" und Jan sagte: „Das ist aber traurig." Damit war das Thema für sie erledigt.

Sie bedankten sich noch einmal in Gittas Namen, nahmen Clown an die Leine und traten den Rückweg an.

Als sie den Storchenhof erreichten, war Gitta noch mit ihren Schülern auf dem Reitplatz. Clown erkannte die vertraute Gestalt schon von weitem. Er begann so heftig zu ziehen, dass Nicki, die ihn an der Leine hielt, fast vom Rad fiel. Sie bremste und ließ ihn frei. Wie der Blitz schoss der kleine Hund davon.

Gitta war zum Tor gegangen. Dort stand sie nun mit strengem Blick. Die Arme hatte sie in die Seite gestemmt. Sie wirkte ausgesprochen drohend.

Clown wurde langsamer und langsamer, bis er nur noch schlich. Seine Ohren lagen flach am Kopf, und sein Bauch berührte fast die Erde. Von unten her schielte er zu seiner grimmigen Herrin hinauf. Ganz sacht wedelte das Schwänzchen: Sei mir nicht böse, ich kann nichts dafür.

Die Kinder verbissen sich mit Mühe das Lachen. Auch in Gittas Gesicht zuckte es verdächtig. Clown, der ein feines Gespür für ihre Stimmung besaß, wedelte heftiger. Und plötzlich sprang er mit einem Satz an ihr hoch. Seine Nase stupste an Gittas Hand, als wollte er sagen: Freu dich doch, ich bin wieder da!

„Du alter Bandit!", sagte Gitta glücklich. Sie hatte völlig vergessen, dass sie eigentlich mit ihm schimpfen wollte.

Selig hüpfte Clown um sie herum. Er wusste genau, dass nun alles wieder gut war.

Ein Brief mit Folgen

Gitta wollte gerade den Unterricht fortsetzen, als das Postauto vorfuhr.

„Moment, Frau Berger, ich habe ein Einschreiben für Sie!", rief der Fahrer ihr zu. „Ich brauche Ihre Unterschrift."

Er hielt ihr einen schmalen Umschlag und einen Kugelschreiber entgegen.

„Rechtsanwalt Helmers? Kenne ich nicht", murmelte Gitta und reichte den Brief an Nicki weiter.

„Leg ihn bitte auf den Küchentisch. Und dann sattelt eure Pferde, ich bin hier gleich fertig. Lena kann heute Kim nehmen."

„Super!" Lena strahlte. Sie mochte den gutmütigen braunen Wallach besonders gern. Er wurde meistens zum Voltigieren genommen, aber manchmal setzte Gitta ihn auch im normalen Unterricht ein. Für Kim waren Reitstunden eine willkommene Abwechslung. Er gab sich immer große Mühe.

Im Laufe des Vormittags tauchten immer mehr Reitschüler auf.

In den Ferien war das immer so. Wer nicht so recht wusste, was er mit der freien Zeit anfangen sollte, fuhr zum Storchenhof. Dort gab es ständig etwas zu tun, und Gitta belohnte eifrige Mithilfe mit kostenlosen Reitstunden oder Ausritten.

Um die Mittagszeit wurde der Hof wieder leer. Alles strebte an die heimischen Futterschüsseln. Auch bei Nicki, Jan und Lena stellte sich der Hunger ein.

„Gibt's bald was zu essen?", erkundigte sich Jan.

„Wenn ihr schon mal das Wasser für die Nudeln aufstellt, dauert es nur noch zwanzig Minuten", sagte Gitta lächelnd.

„Nudeln, klasse!" Jan sauste davon, um den Topf auf den Herd zu stellen.

„Vergiss das Salz nicht!", rief Gitta ihm hinterher. Aber das hörte er schon nicht mehr.

Lena und Nicki wechselten einen Blick. Nudeln ohne Salz? Igitt! Wie auf Kommando rannten sie dem Bruder nach.

Beim Tischdecken fiel Nicki der Brief in die Hände, den sie am Morgen dort abgelegt und schon wieder vergessen hatte. Sie gab ihn Gitta, die mittlerweile auch in der Küche eingetroffen war. Die Reitlehrerin riss den Umschlag auf und zog zwei Briefbögen heraus.

Ihre Augen wanderten über die Seiten und wurden groß und ungläubig.

„Das gibt's nicht! Das gibt's einfach nicht! Das kann doch nicht wahr sein!", sagte sie fast tonlos. Ihr Gesicht war weiß wie eine Wand.

„Was ist denn passiert?", fragte Nicki unruhig.

Gitta ließ den Brief sinken.

„Stellt euch vor: Der Storchenhof soll verkauft werden", flüsterte sie.

„Waaas?!" Drei Augenpaare starrten sie voller Entsetzen an. Der Storchenhof – verkauft?!

„Das kann nicht sein!", schrie Jan.

„Aber der gehört doch dir", protestierte Lena.

Nicki schüttelte langsam den Kopf. „Eben nicht!", flüsterte sie. „Gitta hat den Hof doch bloß gepachtet, du Dummchen."

Unter anderen Umständen hätte Lena ihr das „Dummchen" sehr übel genommen. Jetzt hörte sie es kaum. In ihrem Kopf drehte sich alles. Wenn der

Storchenhof nicht Gitta gehörte, wem gehörte er dann?

Gitta las den Brief ein zweites Mal. Ihr Gesicht bekam einen grimmigen Ausdruck.

„Das wollen wir doch erst mal sehen!", sagte sie entschlossen. „So einfach geht das nicht, meine Herren! Schließlich habe ich einen Pachtvertrag."

Sie legte die Bögen zur Seite und ging zum Schrank, um den Vertrag zu suchen. Die Blicke der Kinder verfolgten jede ihrer Bewegungen. Niemand dachte mehr ans Essen, allen war der Appetit vergangen. Als Nicki sich endlich an die Nudeln erinnerte, war es längst zu spät. Die leckeren Spagetti waren zu einem dicken Teigkloß verkocht.

„Ist jetzt auch egal." Nicki schob den Topf zur Seite und schaute in den zweiten Topf, in dem die Soße auf kleiner Flamme vor sich hin blubberte.

„Die geht noch", stellte sie fest. Was sie allerdings mit der Soße ohne die Nudeln anfangen sollten, wusste sie auch nicht. Sie stellte den Topf auf die Arbeitsplatte und ging wieder zu den anderen.

„Mittagessen fällt aus", verkündete sie. „Wer was essen will, muss sich ein Brot machen."

Aber das wollte niemand. Nicht einmal Jan, der eben noch so hungrig gewesen war.

„Ich wünschte, eure Eltern wären hier!", sagte Gitta bedrückt. „Ich brauche dringend jemand, mit dem ich mich beraten kann."

„Ruf doch Sven an, vielleicht kann er ja kommen“, schlug Nicki vor.

Sven war Gittas Freund, der in der Nähe studiert hatte und oft übers Wochenende auf den Storchenhof gekommen war.

Vor kurzem hatte er sein Examen gemacht und auch gleich einen Arbeitsplatz bekommen. Leider war er jetzt achthundert Kilometer von Hudewald entfernt.

„Sven ist genauso weit weg wie eure Eltern“, sagte Gitta traurig.

„Aber Mami und Papi sind morgen wieder da.“ Jan sah bereits einen Hoffnungsschimmer. Er hatte großes Vertrauen zu seinem Vater, der immer ruhig und gelassen blieb, wenn alle anderen schon kopflos durch die Gegend rannten. „Papi fällt bestimmt etwas ein.“

„Hoffentlich!“, sagte Gitta mit einem tiefen Seufzer. Sie sah die Geschwister eindringlich an. „Bitte sprecht mit niemandem über diesen Brief. Ich möchte nicht, dass sich tausend Gerüchte durch Hudewald verbreiten.

„Versprochen!“ Drei Köpfe nickten ernsthaft. „Von uns erfährt niemand ein Sterbenswort!“

Im Laufe des Nachmittags stellten die Geschwister fest, das es gar nicht so leicht war, das Versprechen zu halten.

Immer wieder lag ihnen die schreckliche Neuigkeit

auf der Zunge und wurde erst im letzten Augenblick hinuntergeschluckt. Schließlich verzogen sie sich ins Haus. Hier konnten sie sich ungestört Luft machen.

Als Erstes erklärte Nicki der kleinen Schwester die Sache mit dem Pachtvertrag.

„Pachten ist so ähnlich wie mieten, Lena. Man bezahlt jeden Monat Geld und kann den Hof dann benutzen. Aber er gehört immer noch den Besitzern."

„Wie unsere Wohnung", warf Jan ein. „Die gehört uns ja auch nicht."

Jetzt hatte Lena das Problem verstanden. „Und die Besitzer vom Storchenhof wollen ihn verkaufen? Warum denn?", fragte sie mit großen Augen.

Nicki zuckte die Schultern. „Das wissen wir auch nicht. Gitta muss erst mit dem Rechtsanwalt reden, der den Brief geschrieben hat. Aber vorher will sie mit Papi sprechen. Ich glaube, sie möchte, dass er mitgeht."

Jan sah zu Nicki, dann zu Lena und schließlich zum Telefon. „Sollen wir ihn anrufen?", fragte er zögernd.

„Gute Idee!" Nicki griff zum Hörer – und legte ihn langsam wieder zurück. „Ich weiß nicht ... wo doch gerade erst Opas Beerdigung war ... Meint ihr, wir dürfen das?"

„Nee, lieber nicht." Jan schüttelte unbehaglich den Kopf. „Wir müssen wohl doch warten, bis sie wieder hier sind."

Gitta war der gleichen Meinung. „Bis morgen Abend werden wir es schon aushalten“, meinte sie. Aber man konnte sehen, dass ihr das Warten genauso schwer fiel wie den Geschwistern.

Der nächste Tag verging zäh wie Sirup. Stups, Bibi und Tanja wunderten sich, dass sie die Freunde kaum zu sehen bekamen. Maja und Barnabas wurden zwar zum Unterricht gesattelt, und Lena machte auch das Voltigieren mit, aber danach waren die drei gleich wieder verschwunden. Sie hatten immer noch Angst, sich zu verplappern und wollten lieber unsichtbar bleiben.

Endlich wurde es Abend. Gegen neun Uhr rollte das Auto mit den Eltern auf den Hof. Die Insassen stiegen aus und reckten sich nach der langen Fahrt. Es waren drei. Die Oma war mitgekommen.

Unsicher sahen die Geschwister ihr entgegen. Durften sie sich über den Besuch freuen? Oder mussten sie wegen der Beerdigung ernste Gesichter machen?

Zu ihrer Erleichterung lächelte die Großmutter und nahm sie der Reihe nach liebevoll in den Arm.

„Es ist schon in Ordnung“, sagte sie dabei. „Natürlich bin ich traurig, und das wird auch noch eine Weile so bleiben. Aber deshalb dürft ihr ruhig fröhlich sein. Das ist mir lieber als düstere Trauermienen.“

„Wir können aber gerade nicht lachen“, sagte Lena bedrückt.

„So? Und warum nicht?“, wunderte sich die Großmutter.

„Weil der Storchenhof verkauft werden soll!“, platzte Jan heraus. Er konnte sich einfach nicht länger beherrschen.

„Wie bitte?“, fragte sein Vater ungläubig.

„Gitta – ist das wahr?“, sagte die Mutter entsetzt.

„Leider“, bestätigte Gitta mit einem Nicken. „Aber kommt doch erst mal rein. Dann können wir die ganze Geschichte in Ruhe besprechen.“

Sie dirigierte ihre Gäste ins Wohnzimmer und schickte Nicki in die Küche, um die Kaffeemaschine anzustellen. Dann begann sie zu erzählen.

Während Gitta redete, fielen Lena langsam die Augen zu. Sie lehnte ihren Kopf an die Schulter der Mutter und kuschelte sich an sie. Jan tat das Gleiche auf der anderen Seite. Er war froh, dass die Eltern wieder da waren. In den letzten beiden Tagen hatte er sie schrecklich vermisst.

Als Nicki mit dem Kaffee kam, schliefen die Geschwister tief und fest. Sie stellte das Tablett ab und hockte sich in einen freien Sessel. Im Gegensatz zu Jan und Lena war sie hellwach. Aufmerksam verfolgte sie das Gespräch der Erwachsenen.

Als der Name Albrecht fiel, horchte sie auf. Wo hatte sie diesen Namen schon gehört? Sie dachte angestrengt nach, und plötzlich wusste sie es wieder. Sofort erzählte sie den Eltern und Gitta, was Frau

Feldmann über Herrn Albrecht und seine streitlustigen Söhne gesagt hatte.

„Das erklärt die Sache“, sagte Herr Hallwag und tippte auf den Brief, den er gerade in der Hand hielt. „Gleich morgen rufe ich diesen Anwalt an und mache einen Termin mit ihm aus. Kampflos geben wir deinen Storchenhof nicht her, Gitta!“

Nicki atmete auf. Ihr Vater hatte viele Beziehungen. Er kannte sogar die Leute von der Kreiszeitung. Wenn er sich für den Storchenhof einsetzte, gab es vielleicht eine Rettung.

Oma Hallwag lebt sich ein

Es war gut, dass die Großmutter gerade jetzt zu Besuch gekommen war. Ihre Anwesenheit lenkte die Geschwister ein wenig von den Sorgen um den Storchenhof ab.

Gleich am ersten Morgen sagte Oma Hallwag unternehmungslustig: „So, nun zeigt mir mal euren Barnabas. Ich bin schon sehr gespannt auf euer Wunderpferd. Meint ihr, er wird sich für mich einen seiner Streiche ausdenken?“

Da mussten alle lachen und Jan meinte: „Fordere ihn bloß nicht dazu auf, Oma! Wer weiß, was ihm dann alles einfällt.“

„Vielleicht wirft er Nicki ab", kicherte Lena und fing sich damit einen bösen Blick der Schwester ein.

„Ich fall schon nicht runter, keine Sorge", erwiderte Nicki kühl.

„Na ja, nicht immer", feixte Jan.

Die Großmutter schmunzelte. Sie hatte ihren Spaß an dem Gekabbel.

„Genau das habe ich vermisst", sagte sie. „Immer, wenn ich an euch gedacht habe, wart ihr genau so, wie ihr jetzt seid."

„Oje", murmelte Jan und zog den Kopf ein. „Dann hast du bestimmt eine schlechte Meinung von uns." Doch dabei grinste er frech.

Einträchtig wanderten sie kurz darauf zum Storchenhof.

„Barnabas steht da hin..." Nicki unterbrach sich mitten im Satz. Fassungslos starrte sie auf ihr Pferd. Neben ihr holte Jan tief Luft. Lena war schon losgerannt.

Vor dem Auslauf hatte sich ein halbes Dutzend Reitschüler versammelt. Halb besorgt, halb lachend schauten sie auf Barnabas, der stocksteif dastand. Sein linkes Vorderbein steckte in dem großen, schwarzen Bottich, in den eigentlich das Trinkwasser gehörte.

„Er ist durch den Boden getreten!", rief Stups den Geschwistern zu.

„Und jetzt weiß er nicht, wie er das Ding wieder

loswerden soll“, ergänzte Bibi. „Tanja ist gerade zum Haus gelaufen, um Gitta zu holen.“

Nicki stieg durch den Zaun. „Barni, du Chaot, musste das denn wieder sein“, schimpfte sie.

Der Graue stupste sie sanft mit der Nase an. Es sah aus, als ob er sich entschuldigen wollte.

Lena hüpfte besorgt um ihn herum. „Hoffentlich hat er sich nicht wehgetan.“

„Warum macht er auch solchen Blödsinn“, brummte Jan ärgerlich. Aber dann grinste er und rief: „Siehst du, Oma, das kommt davon. Barnabas hat dich gehört.“

Die Großmutter lachte. Der Graue mit seinem Klumpfuß sah zu komisch aus.

Die anderen Pferde dagegen fanden den Anblick wohl eher unheimlich, denn sie hatten sich schnaubend in einer Ecke vom Auslauf zusammengedrängt. Ihnen war der veränderte Freund nicht geheuer.

Endlich kam Gitta. Kopfschüttelnd betrachtete sie den Frechdachs, der sich diesmal selber angeschmiert hatte. Dann holte sie Werkzeug, um den Unglücksraben zu befreien.

Solange Gitta zwischen seinen Beinen herumkroch, hielt Barnabas mustergültig still. Doch sobald er spürte, dass er das Hindernis los war, tobte er in wilden Bocksprüngen davon. Er musste seiner Erleichterung erst mal Luft machen. Dann kam er zurück und knuffte Gitta in den Rücken.

„Der bedankt sich ja richtig!“, staunte die Großmutter.

„Nee, der will bloß ’n Leckerli haben“, stellte Jan richtig.

Gitta griff dem Grauen in die Mähne und zog spielerisch daran.

„Frechdachs“, sagte sie zärtlich. „Wirst du eigentlich jemals erwachsen?“

Barnabas schüttelte energisch den Kopf.

„Aber jetzt hat er geantwortet!“, rief Oma Hallwag begeistert.

Lena kicherte. „Das war keine Antwort, Oma. Barnabas mag es nur nicht, wenn man ihn an den Haaren zieht.“

Die Großmutter lachte. „Er gefällt mir trotzdem, auch wenn er nicht redet“, versicherte sie. „Jetzt weiß ich, warum ihr ihn so gern habt. Euer Barnabas ist wirklich ein feines Pferd.“

„Warte, bis du ihn springen siehst!“, rief Nicki herüber. Sie brannte darauf, ihr Können zu zeigen. Aber bevor sie ans Reiten denken konnte, musste erst einmal Barnabas’ Bein untersucht werden. Zum Glück war nichts passiert. Eine kleine Schramme und ein paar abgeschürfte Haare, das war das ganze Ergebnis seines „Fehltritts“.

Während Nicki putzte und sattelte, zogen Jan und Lena die Oma über den Hof. Bereitwillig bewunderte sie nacheinander alle Pferde, den großen Hof, den

Reitplatz, die Sattelkammer und sogar das alte Hühnerhaus, das schon lange nicht mehr benutzt wurde.

Lena hätte ihr auch gern die Katzen gezeigt, aber die waren gerade nicht zu sehen.

„Schade“, sagte sie bedauernd. „Babsi und Tiger sind total niedlich, Oma.“

„Wo stecken sie denn?“, fragte die Großmutter interessiert.

„Die sind bestimmt auf dem Heuboden und jagen Mäuse“, meinte Jan.

„Wir könnten sie runterholen“, überlegte Lena.

Doch die Großmutter hatte eine bessere Idee. „Warum besuchen wir sie nicht einfach da oben?“, schlug sie vor.

Und so kletterten sie auch noch die steile Leiter hinauf, die zum Heuboden führte. Die Katzen waren höchst erfreut über den Besuch, strichen maunzend um alle Beine und ließen sich gern für ein paar Minuten auf den Arm nehmen.

Oma Hallwag sah durch die offene Luke hinunter auf das fröhliche Treiben zu ihren Füßen. Überall wuselten Kinder herum. Ein paar spielten mit Clown, andere sammelten die Ausläufe ab. Einige Ponys waren am Putzplatz angebunden und wurden voller Eifer von den Kindern gestriegelt. Die größeren Mädchen zogen mit ihren Pferden gerade zum Reitplatz.

„Ist hier immer so viel los?“, fragte die Großmutter.

Jan grinste. „Das ist noch gar nichts, Oma. Du musst mal nachmittags kommen, wenn die Voltigierkinder hier sind."

Die Großmutter schmunzelte. „Euer Storchenhof ist nett", stellte sie fest. „Er gefällt mir großartig."

„Ja, nicht wahr?" Lena strahlte, als hätte sie das Lob bekommen.

Jan runzelte die Stirn. „Deshalb darf er auch auf keinen Fall verkauft werden", sagte er ernst. „Was soll Gitta denn ohne den Storchenhof anfangen!"

Nachdenklich kletterten sie die Leiter wieder hinunter und gingen zum Reitplatz. Dort hatte die Springstunde schon begonnen. Gitta war gerade dabei, ein Hindernis zu erhöhen. Als die Stange richtig eingehängt war, stellte sie sich daneben.

„Dieser Sprung ist nur für Ali und Barnabas", sagte sie.

„Ein Glück!", rief Stups, und alle lachten.

„Los, Nicki, zeig uns was!", rief Bibi anfeuernd.

Nicki hatte vor Aufregung einen hochroten Kopf. Einerseits war sie stolz darauf, dass Gitta ihr so einen hohen Sprung zutraute. Andererseits klopfte ihr Herz einen richtigen Wirbel beim Anblick des Hindernisses.

„Mensch, so hoch ist Nicki noch nie gesprungen!", sagte Jan atemlos. „Ob Barni das schafft?"

Aber zunächst war Tanja dran. Ruhig galoppierte sie gegen den Sprung, gab im richtigen Moment mit den Zügeln nach und duckte sich auf den Pferdehals. Alena sprang ab, die Stange fiel klappernd zu Boden, und schon war sie über das Hindernis hinweg.

„Prima Sprung!“, lobte Jan.

„Aber war das denn richtig?“, wunderte sich die Großmutter. „Die Stange ist doch heruntergefallen.“

„Das macht nichts, Oma, das ist ja nur Training“, wurde sie von Lena belehrt.

Nun war Nicki an der Reihe. Barnabas stand schon in den Startlöchern. Er wusste genau, was von ihm erwartet wurde. Schneller, als er eigentlich sollte, galoppierte er los. Mit einem gewaltigen Satz flog er über das Hindernis. Er sprang viel höher, als Nicki erwartet hatte. Bei der Landung verlor sie einen Bügel, und beinahe hätte sie auch noch das Gleichgewicht verloren. Im letzten Moment griff sie in Barnabas' Mähne.

Die Zuschauer klatschten trotzdem Beifall.

Erleichtert rappelte Nicki sich wieder zurecht. „Darf ich es noch mal versuchen, Gitta?“

„Aber ja“, lachte die. „Lass ihn diesmal nicht so schnell galoppieren. Das wird ihm zwar nicht gefallen, aber halte ihn trotzdem ein bisschen zurück.“

Barnabas schüttelte ärgerlich den Kopf, als er merkte, dass seine Reiterin die Zügel fester nahm. Aber der Sprung wurde perfekt.

„Das war super!“, schrie Jan begeistert. „Hast du das gesehen, Oma? Damit kann Nicki glatt L gehen!“

Die Großmutter hatte zwar keine Ahnung, was „L gehen“ bedeutete, aber sie nickte trotzdem.

„Es hat wirklich sehr schön ausgesehen“, lobte sie.

Strahlend kam Nicki zum Zaun. „Kommst du morgen wieder zuschauen, Oma? Morgen üben wir für die Dressur.“

„Das kann ich mir natürlich nicht entgehen lassen.“ Die Großmutter schmunzelte.

„Aber morgen Nachmittag musst du auch kommen. Da voltigieren wir“, verlangte Lena.

„Am besten schlagen Sie am Reitplatz ein Zelt auf, Frau Hansen“, lachte Gitta.

Die Großmutter lächelte zurück. „Ich schlage jetzt erst mal den Weg zum Mittagessen ein“, sagte sie. „Wer kommt mit?“

„Wir!“, riefen Jan und Lena und hängten sich bei ihr ein.

„Wartet auf mich!“, rief Nicki und trabte schleunigst Richtung Ausgang.

In den folgenden Tagen wurde Oma Hallwag zum Dauergast auf dem Storchenhof. Sie warf Stöckchen für Clown, schwatzte mit den Reitkindern, unterhielt sich mit Gitta und verteilte Leckerbissen an Maja und Barnabas.

„Bald springt Barni nur noch, wenn man ihm vorher seine Belohnung zeigt“, lästerte Bibi. „Er macht schon einen langen Hals, wenn er deine Oma nur sieht, Nicki.“

„Quatsch!“ Nicki lachte. Barni würde bestimmt nie die Lust am Springen verlieren.

Die Freundinnen trainierten jetzt täglich für ihr nächstes Turnier. Zum ersten Mal sollten sie als Mannschaft starten, einmal im Springen und einmal in der Dressur. Dafür waren vier Reiter nötig, und die hatten sie jetzt endlich zusammen. Gitta und Frau Hallwag hatten Maja als viertes Pferd zur Verfügung gestellt. Als Reiterin wurde Stups ausgewählt. Sie war nach den drei glücklichen Pferdebesitzerinnen die beste Reiterin auf dem Hof.

Wenn es der Großmutter am Reitplatz langweilig wurde, lieh sie sich ein Rad. Sie erkundete Hudewald in allen Richtungen. Bei ihren früheren Besuchen hatte sie nicht allzu viel von dem reizvollen kleinen Ort gesehen. Das holte sie jetzt nach.

Oma Hallwag war eine offene und kontaktfreudige Person. Sie unterhielt sich mit jedem, der dazu bereit war. Und weil sie immer freundlich war und gut zuhören konnte, redeten die Leute gern mit ihr. Schon nach wenigen Tagen war sie überall im Dorf bekannt.

Ihre Enkel staunten nicht schlecht, als ihnen in den Geschäften Grüße an die Großmutter aufgetragen wurden.

Beim Bäcker hörte Jan: „Sag ihr bitte, dass es jetzt fünf sind.“

Lena wurde im Supermarkt angesprochen: „Die

Liste wird immer länger und das Interesse immer größer."

„Verstehst du das?", fragten sie sich gegenseitig.

Aber sie richteten die geheimnisvollen Botschaften getreulich aus. Die Großmutter nickte nur und sah sehr zufrieden aus.

Was die Worte bedeuteten, verriet sie nicht.

Wer hilft dem Storchenhof?

Bei Hallwags war es eng geworden. Lena hatte ihr winziges Zimmerchen geräumt und war bei Nicki eingezogen. Dort schlief sie jetzt auf einer dicken Matratze vor dem Schrank. Jedes Mal, wenn Nicki ein neues T-Shirt oder eine saubere Hose brauchte, musste sie umräumen. Sie schimpfte dann immer wie ein Rohrspatz, aber sie tat es leise. Die Oma sollte nicht denken, sie wäre nicht willkommen.

Als Kater Wurzel zum ersten Mal die fremde Person in Lenas Bett entdeckte, fauchte er beleidigt und stolzierte mit hoch erhobenem Schwanz davon. Er gab seinen Lieblings-Schlafplatz auf und zog bei Jan ein. Die ganze Familie amüsierte sich über seinen Eigensinn. Nur die Großmutter war froh über seinen Entschluss. Ein Bett ohne Katze war ihr entschieden lieber.

Obwohl sich alle – außer Wurzel – über den Besuch freuten, war es gut, dass das Wetter sich wieder gebessert hatte. Am Tag war niemand lange in der Wohnung. Die Geschwister hielten sich die meiste Zeit bei den Pferden auf, und die Erwachsenen hatten zu tun. Nur taten sie leider nicht das, was die Kinder gehofft hatten.

„Es passiert überhaupt nichts!", schimpfte Jan. „Die kümmern sich kein bisschen um den Storchenhof."

„Papi hat aber schon mit dem Anwalt telefoniert", wusste Lena. „Übermorgen geht er mit Gitta da hin. Ich hab's genau gehört."

„Hoffentlich erreichen sie was." Nicki seufzte tief.

„Ich halte es bald nicht mehr aus, dass wir gar nicht darüber sprechen dürfen."

„Ihr müsst Geduld haben", tröstete die Großmutter, der sie ihre Sorgen erzählten. „So schnell geht das alles nicht. Im Augenblick kann niemand den Storchenhof verkaufen, auch die Erben nicht. Da müssen noch viele Dinge geregelt werden, ehe es so weit ist."

Sie kannte sich aus, denn der Großvater war Rechtsanwalt gewesen.

Obwohl die Geschwister eisern den Mund hielten, sprach es sich in Hudewald herum, dass dem Storchenhof Gefahr drohte. In einem so kleinen Ort blieb nichts lange geheim. Die meisten Leute wussten, wem der Hof gehört hatte, und viele kannten die streitlustigen Söhne des Verstorbenen.

Es dauerte nur wenige Tage, bis der Storchenhof überall das Thema Nummer eins war. Gerüchte schossen wie Pilze aus dem Boden und verbreiteten sich mit rasender Eile.

Gittas Reitschüler machten ratlose Gesichter. Hudewald ohne den Storchenhof und seine Pferde – das konnte sich niemand mehr vorstellen.

Immer häufiger trafen sich die größeren Kinder, um sich zu beraten.

„Wir müssen was tun!“, verlangte Bibi energisch.

„Ja, wir müssen Gitta helfen!“, rief Nicki. Sie war froh, dass sie endlich reden durfte. „Mein Vater hat gesagt, dass die Erben einen total überzogenen Preis verlangen.“

„Wir könnten Geld sammeln“, schlug eine hoffnungsvolle Stimme vor.

„Mensch, wir kriegen vielleicht hundert Euro zusammen“, sagte Tanja und tippte sich an die Stirn. „Damit kann Gitta noch nicht mal das Hoftor bezahlen.“

„Aber was können wir machen?“, fragte Carmen verzagt.

„Wir müssen uns eben etwas einfallen lassen!“, sagte Stups kampflustig. „Ich schlage vor, dass erst mal jeder für sich nachdenkt. In drei Tagen treffen wir uns wieder. Bis dahin muss uns etwas Brauchbares eingefallen sein. Also strengt euch an."

Während die Kinder sich die Köpfe zergrübelten, ging das Leben auf dem Storchenhof ganz normal weiter. Gitta war ein bisschen blasser als sonst und nicht so fröhlich, wie ihre Schüler es gewohnt waren. Aber sonst war ihr kaum etwas von den Sorgen anzumerken. Der Unterricht lief ab wie immer.

Als die Kinder sich zum zweiten Mal trafen, glaubten einige schon nicht mehr so recht an den Verkauf.

„Ich habe gehört, dass der Pachtvertrag verlängert wird. Wir haben uns ganz umsonst aufgeregt", sagte jemand.

Empört schoss Jan in die Höhe. „Du glaubst aber auch alles, was man dir erzählt!", sagte er wütend.

Nicki zog ihn auf seinen Platz zurück. „Der Vertrag wird nicht verlängert", sagte sie bestimmt. „Wir wissen das, weil unser Vater mit Gitta beim Anwalt war. Sie hat Zeit bis zum ersten November und keinen Tag länger."

„Es soll sogar schon einen Käufer geben", erzählte Bibi und fügte hastig hinzu: „Habe ich aber auch bloß im Laden gehört. Beim Bäcker haben sie das gesagt."

Stups sprang auf. „Dann wird es höchste Zeit, dass wir endlich was tun!", rief sie. „Los, raus mit den Ideen!"

Aber mit den Ideen war das so eine Sache. O ja, es gab sie, es gab sogar recht viele. Aber leider waren die meisten davon absolut unbrauchbar. Eine nach der anderen wurde traurig verworfen.

„Wir sind Gitta eine schöne Hilfe!“, stellte Stups enttäuscht fest.

In düsterem Schweigen saßen sie da. Plötzlich unterbrach Tanjas aufgeregte Stimme die Stille. „Hört mal, ich glaube, ich hab's! Wir suchen einfach nach einem anderen Hof! Wenn Gitta hier ausziehen muss, kann sie doch woanders einziehen. Es gibt in der Nähe bestimmt jemanden, der ihr einen Stall und eine Weide verpachten kann.“

„Tanja, du verdienst einen Orden!“, rief Stups und schlug der Freundin auf die Schulter. „Das machen wir! Wenn wir einen anderen Hof finden, ist Gitta alle Sorgen los.“

„Und wir können weiter bei ihr reiten!“, jubelte es von allen Seiten.

„Und unsere Pferde behalten!“ Nicki und Bibi lachten glücklich.

„Ruhe!“, brüllte Stups in den ausbrechenden Lärm. „Hört auf zu schreien. Es gibt noch 'ne Menge zu bereden.“

Allmählich wurde es wieder still. Na klar, die Idee allein reichte noch lange nicht aus. Sie mussten einen richtigen Plan ausarbeiten, wenn ihre Suche Erfolg haben sollte.

„Sonst fragen fünf Leute beim selben Bauern“, warf Bibi ein.

„Eben“, sagte Stups und nickte. „Am besten bilden wir Gruppen, und jede sucht in einem bestimmten Gebiet. Dann kommen wir uns nicht gegenseitig in die Quere und vergessen auch keinen Hof. Wenn wir uns das nächste Mal treffen, bringe ich eine Landkarte mit.“

Erleichtert gingen sie auseinander. Es war ein gutes Gefühl, dass endlich etwas geschehen sollte. Alle waren bereit, sich notfalls die Beine aus dem Leib zu strampeln. Wenn sie Erfolg hätten, könnte Gitta den dämlichen Erben eine lange Nase drehen. Der Gedanke war ungemein tröstlich.

Aber selbst die heimlichen Helfer dachten nicht immerzu an die Gefahr, die dem Storchenhof drohte. Andere Dinge schoben sich in den Vordergrund und verdrängten für einige Zeit die Sorgen.

Da war zum Beispiel der Ritt nach Neuwerk, der immer näher rückte. Gitta hatte die vier Privatpferde angemeldet und dazu ein Dutzend Kinder und Erwachsene, die auf einem der Wattwagen mitfahren wollten.

Und genau dieser Ritt versetzte Nicki eines Tages in helle Panik. Von Patrick war ein weiterer Hörbrief gekommen, in dem er seine genaue Ankunft mitteilte.

Als Nicki das Band abhörte, schreckte ein lauter Schrei aus ihrem Zimmer die ganze Familie auf.

„Verdammter Mist, was mache ich jetzt!“

Von allen Seiten liefen die Mitglieder zusammen. Jan war der Erste, der Nickis Zimmer erreichte.

„Warum brüllst du denn so?“, erkundigte er sich halb besorgt, halb ärgerlich.

„Hast du dir wehgetan?“, fragte Lena.

„Musst du eigentlich so einen Lärm machen?“, wollte der Vater wissen. Seine gerunzelte Stirn zeigte tiefe Falten. Er hatte gerade über einer schwierigen Rechnerei gesessen.

„Ist was mit Patrick?“, fragte die Mutter. „Kann er nicht kommen?“

„Doch, er kommt. Aber das ist ja das Problem“, jammerte Nicki. „Was soll ich bloß mit ihm machen?“

„Meinst du, weil Oma da ist und Lenas Bett braucht?“ Jan zuckte die Schultern. „Macht doch nichts, Pat kann bei mir schlafen.“

Nicki schüttelte unglücklich den Kopf. „Das ist es gar nicht. Es ist wegen dem Ritt. Patrick kommt genau einen Tag vorher.“

„Und das ist alles? Deshalb schreist du die ganze Familie zusammen?“, fagte Herr Hallwag ärgerlich. „Er kann doch mitkommen.“

„Aber er bleibt nur drei Tage, und ich wollte doch mit ihm ausreiten“, jammerte Nicki.

„Deine Sorgen möchte ich haben“, murmelte der Vater und verschwand, um sich wieder seinen Berechnungen zu widmen.

Die Mutter zeigte mehr Verständnis.

„Patrick reitet doch sehr gut. Er könnte sicher eine Strecke von eurem Watt-Ritt auf Maja mitmachen“, schlug sie vor.

„Maja haben wir aber Stups versprochen.“ Nicki wollte die Freundin auf keinen Fall enttäuschen.

„Und mir!“, rief Jan. „Es ist abgemacht, dass ich auch einen Weg reiten darf.“

„Nee, du musst verzichten!“, verlangte Nicki. „Schließlich ist Pat auch dein Freund.“

„Aber du hast ihn eingeladen“, konterte der Bruder.

„Du bist ein widerlicher Egoist!“, schrie Nicki wütend. „Du könntest ruhig verzichten.“

„Moment mal“, sagte die Mutter, als die beiden sich an den Kragen gehen wollten.

Zögernd senkte Jan die Fäuste. Auch Nicki nahm die erhobene Hand herunter.

Kopfschüttelnd betrachtete Frau Hallwag die Streithähne.

„Können wir die Sache vielleicht auch in Ruhe bereden?“, fragte sie und ließ gleich einen Vorschlag folgen. „Wie wär's, Nicki, wenn du eine Strecke mit Patrick reitest und die andere mit ihm auf dem Wattwagen fährst? Dann kann Jan wie geplant Maja reiten und Stups bekommt Barnabas. So wäre allen geholfen, und niemand muss zugucken.“

Nickis Gesicht hellte sich auf.

„Danke, Mami, das ist eine prima Idee. Stups wird bestimmt mit Barni fertig. Sie hat ihn ja schon oft geritten“, sagte sie fröhlich.

Jan grinste zufrieden. Manchmal waren Mütter echt nützlich.

Auf Stallsuche

Für Stups war die Änderung des Plans zuerst ein Schreck, dann eine Riesenfreude. Nicki wollte die Freundin ein bisschen in Aufregung versetzen und machte das sehr geschickt.

„Du, Stups, hör mal“, begann sie mit trauriger Stimme. „Patrick hat sich angemeldet. Er kommt ausgerechnet zum Watt-Ritt.“ Sie machte eine Kunstpause.

Stups nickte. „Und da braucht ihr natürlich Maja“, sagte sie betrübt. „Ist schon gut, Nicki. Ich fahre auf dem Wagen mit.“

Dann sah sie Nickis Gesicht, auf dem sich ein Grinsen breit machte. „Oder?“, fragte sie hoffnungsvoll.

„Oder du reitest Barnabas!“

Nicki freute sich diebisch über den Erfolg ihrer Neckerei.

Stups strahlte plötzlich aus allen Knopflöchern.

„Mensch, das ist ’n Ding!“, sagte sie glücklich. Jetzt freute sie sich doppelt auf den Ritt.

Aber so weit war es noch nicht. Zunächst einmal mussten sie die Stallsuche in Angriff nehmen. Die Gruppen hatten sich schnell zusammengefunden. Nicki und Stups nahmen Lena mit, die unbedingt dabei sein wollte. Jan hatte sich Bibi und Tanja angeschlossen. Carmen, Grit und noch zwei andere Mädchen bildeten die dritte Mannschaft.

Stups hatte von einer Landkarte ihres Vaters drei Kopien gemacht und die Bauernhöfe gelb markiert.

„Ich weiß nicht, ob alle Höfe eingezeichnet sind“, sagte sie, als sie die Blätter verteilte. „Ihr müsst halt selber schauen.“

Alle nickten entschlossen. Unternehmungslustig

schwangen sie sich auf ihre Räder und fuhren in verschiedene Richtungen davon.

Schon nach kurzer Zeit wurde ihnen klar, dass die Suche schwieriger werden würde, als sie gedacht hatten. Die meisten Höfe fanden sie ohne Probleme – aber es gab dort niemanden, den sie fragen konnten. Die Bauern waren alle bei der Ernte. Sie saßen auf ihren Treckern und Mähdreschern, rumpelten über die Felder oder brachten ihr Getreide zur Genossenschaft.

„So ein Mist!", schimpfte Bibi, als sie zum dritten Mal die Auskunft bekommen hatten: „Mein Mann ist irgendwo dahinten."

Dahinten waren holperige Feldwege, auf denen man mit dem Rad kaum vorankam. Trotzdem kämpften sie sich irgendwie bis zu den Bauern vor. Leider immer ohne Ergebnis.

Zwei Bauern winkten gleich ab: „Keine Zeit, kommt ein anderes Mal wieder."

Der dritte hörte sich ihr Problem an, aber eine Lösung konnte er ihnen auch nicht anbieten. Er brauchte seine Ställe und Wiesen für die eigenen Tiere.

„Hoffentlich hatten die anderen mehr Glück", sagte Bibi, als sie enttäuscht und müde den Heimweg antraten.

Aber die beiden anderen Gruppen hatten auch nicht mehr erreicht.

„Egal, morgen machen wir weiter“, sagte Stups entschlossen, als sie sich trennten. „Es gibt schließlich genug Höfe, auf denen wir noch nicht waren. Irgendwo wird es schon klappen.“

Gitta wunderte sich nicht schlecht, dass ihre Schülerinnen zwei Tage hintereinander verschwanden, sobald der Unterricht zu Ende war. Das hatte es noch nie gegeben. Aber sie fragte nicht nach. Schließlich hatte jeder das Recht auf seine kleinen Geheimnisse.

Heute hatten Nicki, Stups und Lena sich vorgenommen zu Bauer Peters zu fahren. Dort holten die Familien zu Weihnachten immer ihre Christbäume.

„Er ist nett, und er mag Pferde“, versuchte Stups sich und den anderen Mut zu machen. „Wenn er kann, hilft er uns bestimmt.“

Diesmal hatten sie Glück. Als sie auf den Hof fuhren, kletterte der Bauer gerade von seinem Trecker.

„Na, was habt ihr auf dem Herzen?“, fragte er freundlich und zwinkerte ihnen zu. „Für Tannenbäume ist es ja wohl noch etwas früh.“

Stups holte tief Luft. „Sie haben doch sicher schon gehört, dass der Storchenhof verkauft werden soll“, begann sie ihre kleine Rede.

„Sicher, das ist ja sozusagen ein offenes Geheimnis“, nickte Bauer Peters.

„Gitta – also Frau Berger – hat leider nicht genug Geld, um ihn zu kaufen. Wir ...“

„Wollt ihr für sie sammeln?“, unterbrach sie der Bauer und schüttelte gleichzeitig den Kopf. „Kinder, so viel Geld bekommt ihr nie zusammen.“

„Das wissen wir“, sagte Stups. „Deshalb sind wir auch nicht gekommen. Wir suchen einen neuen Platz für unsere Pferde.“

„Wir brauchen den Storchenhof doch“, warf Lena ein.

„Ach so. Ihr denkt, Frau Berger kann einfach mit Sack und Pack umziehen.“ Der Bauer machte ein nachdenkliches Gesicht. „Die Idee ist gar nicht mal so dumm.“

„Ja, nicht wahr?“, sagte Nicki eifrig. „Wir müssen nur noch einen Hof finden, der uns aufnimmt.“

„Deshalb fragen wir jetzt überall herum“, ergänzte Stups.

„Tja“, machte der Bauer und rieb sich das Kinn. „Also, ein paar Pferde könnte ich schon unterbringen – aber die ganze Reitschule? Das geht nicht, Kinder, so Leid es mir auch tut. So viel Platz habe ich nicht.“

„Trotzdem, vielen Dank“, sagte Stups höflich, aber ihre Stimme wackelte bedenklich. Es war nicht leicht, ein Nein nach dem anderen anzuhören.

Niedergeschlagen machten sie sich auf den Rückweg. Die anderen kamen ähnlich entmutigt zurück. Außer neuen Gerüchten hatten sie nichts mitgebracht.

„Uns hat man erzählt, dass ein Millionär den Hof kauft, um dort Rennpferde zu züchten“, berichtete Tanja.

„Quatsch!“, sagte Nicki. „Für eine Pferdezucht braucht man viel mehr und viel größere Weiden.“

„So wie im ‚Voigtland‘“, ergänzte Jan. „Zucht braucht Platz, sagt Herr Voigt immer.“

„Wir haben gehört, dass eine andere Reitschule auf dem Storchenhof einziehen soll“, erzählte Carmen empört. „Da gehe ich dann aber nicht hin!“

„Im Hagen heißt es, dass Privatleute den Hof übernehmen wollen“, berichtete ein anderes Mädchen, das dort wohnte.

„Es heißt, es heißt!“, sagte Nicki heftig. „Alle reden, aber keiner weiß etwas. Und helfen will uns anscheinend auch niemand. Es ist zum Verrücktwerden!“

„Allerdings“, seufzte Stups. Sie war tief enttäuscht. Die Idee war so gut gewesen. Warum gab es bloß niemanden, der den Storchenhof mit seinen Pferden und Reitern aufnehmen wollte?

Als die Geschwister nach Hause kamen, erwartete sie eine weitere Enttäuschung. Oma Hallwag hatte beschlossen nach München zurückzufahren.

„Gefällt es dir bei uns nicht mehr?“, fragte Lena unglücklich. Sie liebte die Großmutter, die immer Zeit für sie hatte, mit jedem Tag mehr.

„Du könntest auch mein Zimmer kriegen, das ist größer“, bot Jan großmütig an.

Bei Nicki kämpfte die Erleichterung mit der Enttäuschung. Es würde schön sein, das Zimmer wieder für sich allein zu haben und nicht bei jeder Gelegenheit über Lenas Matratze zu stolpern, aber ...

„Du wolltest doch mit zum Turnier kommen“, protestierte sie.

Die Großmutter nickte ihr beruhigend zu. „Das tue ich auch. Eure Mannschaft sehe ich mir an. Versprochen ist versprochen. Aber danach fahre ich. Ich muss mich mal wieder um mein altes Zuhause kümmern.“

„Aber du kommst doch wieder, Oma?“, bettelte Lena.

„Natürlich, und zwar schon bald“, sagte die Großmutter lächelnd. „Dann suche ich mir eine nette kleine Pension oder eine Ferienwohnung ganz in eurer Nähe. Denn auf Dauer wird es hier in der Wohnung doch zu eng für uns alle. Es reicht ja so kaum. Ihr werdet immer größer und braucht mehr Platz.“

„Das stimmt“, sagte Jan aus tiefstem Herzen. „Ich kann überhaupt nie richtig basteln.“

„Und meine Bücher muss ich auf dem Fußboden stapeln“, fiel Nicki ein. „Schräge Wände sind doof, wenn man Regale braucht.“

„Ihr seid wirklich zu bedauern“, stellte die Mutter fest. „Was soll ich denn erst sagen. Jedes Mal, wenn ich meine Nähmaschine benutzen will, muss ich den Esstisch dafür freiräumen.“

„Da habt ihr es." Die Großmutter schmunzelte. „Wenn ich das nächste Mal komme, will ich lange hier bleiben. Da ist es wirklich besser, wenn ich nicht die ganze Zeit hier wohne und euch den Platz wegnehme."

Nicki atmete auf. Das war eine prima Lösung. Und zum Turnier würde die Oma noch da sein, um beim ersten Start der Storchenhof-Mannschaft Beifall zu klatschen. Hoffentlich war es nicht gleichzeitig auch der letzte Start!

Goldene Schleifen

Wie immer, wenn es zum Turnier ging, herrschte auf dem Storchenhof helle Aufregung. An alles musste gedacht, nichts durfte vergessen werden.

Unterstützt von Jan und Lena schleppten die Mädchen ihre Ausrüstung zu den wartenden Autos. Sättel, Gerten, Trensen, Futtereimer, Decken, Reithelme, Turnierjacken und Putzbeutel wanderten ins Innere. Bald waren die Ladeflächen bis zum Dach voll gestopft, und immer noch fand sich ein Teil, das unbedingt untergebracht werden musste.

„So, das war's." Aufatmend schloss Nicki die Klappe. „Gut, dass wir einen Kombi haben. In einen normalen Kofferraum hätte das nie reingepasst."

„Seid ihr so weit?“ Mit langen Schritten kam Gitta über den Hof. Neben ihr ging Herr Hallwag, der den Transport des Gepäcks übernommen hatte. Den Pferdehänger mit Wolli und Barnabas wollte Gitta heute selber fahren.

Der zweite Hänger, der bereitstand, gehörte Tanjas Eltern. Dort sollten Alena und Maja einsteigen.

„Alles klar“, meldete Nicki.

„Hier auch“, rief Tanja und schlug die Tür zu.

„Dann holt die Pferde.“ Gitta ließ die Ladeklappe herunter.

Im Auslauf war es unruhig geworden. Die Pferde kannten die Vorbereitungen, die ihnen einen spannenden Tag versprachen. Nicht nur Barnabas liebte die Abwechslung.

Im Handumdrehen waren die Pferde verladen. Genauso schnell verteilten sich die Kinder auf die drei Autos. Lena setzte sich neben die Großmutter.

„Es ist toll, dass du noch da bist, Oma. Du bringst Nicki bestimmt Glück“, meinte sie überzeugt.

Aber danach sah es zunächst gar nicht aus. Als sie an ihrem Zielort ankamen, stieg Bibi käsebleich aus dem Auto von Tanjas Eltern. Ihr war unterwegs schlecht geworden.

„Bibi, mach keinen Mist!“, flehte Nicki. „Du darfst jetzt nicht schlappmachen.“

„Das Springen können wir zur Not ohne dich reiten, da genügen drei Starter“, fiel Stups ein. „Aber in der Dressur müssen wir mit vier Reitern antreten."

Bibi nickte. „Ich schaff das schon." Doch sie sah aus, als ob sie im nächsten Moment umkippen würde.

„Setz dich hin, wir machen Wolli für dich fertig", kommandierte Gitta.

„Komm her, Kind, ich glaube, ich kann dir helfen", sagte Oma Hallwag. Sie zog Bibi in den Schatten hinter die Hänger.

„Jan, du kannst Wolli warmreiten", rief Nicki, als sie fertig gesattelt hatten.

Bereitwillig folgte er ihrer Aufforderung, obwohl er nicht einmal eine lange Hose anhatte. In Shorts und Turnschuhen ritt er die Übungen, die Gitta ansagte.

Gerade zur rechten Zeit tauchte Bibi wieder auf. Es schien ihr besser zu gehen, obwohl sie immer noch blass war.

„Deine Oma ist Klasse, Nicki", sagte sie erleichtert.

„Was hat sie denn gemacht?", fragte Stups neugierig.

Doch bevor Bibi antworten konnte, wurde ihre Mannschaft aufgerufen. Jan glitt aus Wollis Sattel.

„Toi, toi, toi", wünschte er.

Mit fest gedrückten Daumen folgten die Zuschauer den Reiterinnen zum Abreiteplatz. Unterwegs liefen sie dem Hudewalder Apotheker genau in die Arme.

Er grüßte freundlich und sagte: „Na, Frau Hallwag, was machen denn Ihre Pläne? Mein Sascha ist schon ganz gespannt.“

Jan und Lena sahen sich verblüfft an. Was sollte Mami denn für Pläne haben?

Aber dann merkten sie, dass der Apotheker gar nicht mit ihrer Mutter, sondern mit der Großmutter sprach. Da wunderten sie sich noch mehr.

Oma Hallwag sah den Sprecher eindringlich an und sagte langsam und deutlich: „Ich fahre erst einmal zurück nach München.“

Mit einem etwas verlegenen Lächeln nickte er ihr zu. „Ich habe schon verstanden. Gute Reise und kommen Sie bald mal wieder.“

„Verstehst du das?“, fragte Lena leise.

Jan schüttelte den Kopf. „Keine Ahnung. Aber komm jetzt, es geht los.“ Eilig zog er sie weiter.

Gitta ging neben ihren Mädchen auf den Platz. Diesmal durfte sie das.

„Sie muss nämlich die Mannschaft vorstellen und die Kommandos geben“, erklärte Lena der Großmutter. „Dabei darf sie keinen Fehler machen, sonst kommen alle durcheinander.“

Aber Gitta machte keinen Fehler. Mit ruhiger Stimme sagte sie die Hufschlagfiguren an, die zu reiten waren. Konzentriert folgten Reiter und Pferde ihren Kommandos. Sie kannten die Aufgaben genau.

„Das sieht aber schön aus“, sagte Oma Hallwag beeindruckt.

Dieser Meinung waren auch andere Leute.

„Es ist wirklich jammerschade, dass die ganze Arbeit von Frau Berger umsonst gewesen sein soll“, sagte eine Männerstimme hinter Jan. „Sie ist eine wirklich gute Lehrerin. Seht euch nur diese Mannschaft an. Es ist ihr erster Start, aber sie reiten wunderbar harmonisch.“

„Und das auf Ponys“, sagte eine andere Stimme. „Wirklich erstaunlich.“

Jan gab ein verächtliches Schnauben von sich. Waren Ponys etwa schlechter als größere Pferde?

Ganz bestimmt nicht! Sie hatten nur kürzere Beine.

Hinter ihm ging das Gespräch weiter.

„Es stimmt also, dass der Storchenhof verkauft wird?"

„Ja, das ist sicher. Es gibt auch schon ein paar Interessenten. Ich habe gehört, dass schon zwei Angebote vorliegen."

„Mir hat man sogar von dreien erzählt", mischte sich eine weitere Stimme ein. „Eins soll sogar aus Bayern kommen. Aber das glaube ich nicht. So ein Schmuckstück ist der Hof ja auch wieder nicht. Da gibt es viel zu tun."

„Das Haus muss jedenfalls dringend renoviert werden", meinte die erste Stimme. „Am besten reißt man den alten Kasten einfach ab ..."

Jan wollte nicht länger zuhören. Er verließ seinen Platz und drängte sich zu seiner Schwester durch.

„Komm, Lena, wir gehen zum Abreiteplatz. Vielleicht dürfen wir wieder Pferde trockenreiten."

Gleichzeitig mit der Mannschaft kamen sie auf dem Platz an. Vier glückliche Reiterinnen stiegen von ihren Pferden.

„So gut wie eben waren wir im Training nie", behauptete Nicki.

Hoffnungsvoll warteten sie auf die Verkündung der Ergebnisse. Sie wurden nicht enttäuscht.

„Gewonnen! Ihr habt gewonnen!" Lena machte richtige Luftsprünge vor Freude.

Die Reiterinnen strahlten um die Wette. „Wow, das war Klasse!"

„Wenn's nachher beim Springen auch so klappt, holen wir uns noch mehr goldene Schleifen", sagte Stups aufgeregt. „Zweimal gewinnen – das wär 'n Ding!"

Aber daran wollte nicht einmal die optimistische Nicki denken.

„Andere Farben sind auch ganz hübsch", stellte sie grinsend fest.

„Wehe, du gibst dir keine Mühe!", drohte Tanja lachend.

Aber diese Mahnung war überflüssig. Nickis Ehrgeiz war allgemein bekannt.

Kurz vor dem Start erklärte Lena der Großmutter die Regeln.

„Zu einer Mannschaft gehören vier Reiter, aber es ist nicht schlimm, wenn einer Pech hat und viele Fehler macht. Das schlechteste Ergebnis wird sowieso gestrichen."

Doch das war bei den „Störchen" an diesem Tag gar nicht nötig. Es gab gleich vier fehlerfreie Ritte! Bei der Ehrenrunde flatterten wieder goldene Schleifen an den Trensen der Pferde.

„Herzlichen Glückwunsch", sagte einer der Eichroder Reiter. „Ich hoffe, das war nicht euer Schwanengesang."

„Was meint er damit?", fragte Lena neugierig.

Gittas eben noch lachendes Gesicht wurde ernst.

„So nennt man einen letzten Auftritt“, sagte sie und drehte sich rasch um.

Die Mädchen sahen sich an und schluckten. War das wirklich ihr erster und letzter gemeinsamer Start gewesen?

Die Eichroder Reiter ritten heran und klopften den traurigen Siegern auf die Schulter.

„Kopf hoch“, sagte einer. „Vielleicht wird ja noch alles gut.“

Sie nickten den Mädchen aufmunternd zu und widmeten sich wieder ihren Pferden, denn im folgenden Springen waren sie an der Reihe.

Als sie an Jan vorbeiritten, hörte er, wie einer sagte: „Was Gitta braucht, ist ein Sponsor. So einen reichen Knilch, der den Hof kauft und ihr dann weiterverpachtet.“

Sponsor! Das Wort traf Jan wie ein Schlag. Das war's! Ein reicher Mann musste her – und Jan wusste auch schon, wo er ihn finden konnte.

Der reichste Mann, den er kannte, war Herr Voigt. Er besaß nicht nur ein Gestüt, ihm gehörte auch ein Laden und eine Werkstatt, wo Landmaschinen verkauft und repariert wurden. Riesige Trecker und Mähmaschinen und so was.

Ich weiß, dass er uns mag, überlegte Jan. Er hilft uns bestimmt. Wie gut, dass Patrick gerade jetzt zu Besuch kommt. Ich muss unbedingt mit ihm sprechen!

Ein Hoffnungsschimmer

Die Großmutter war abgereist. Ihre Enkel waren gleichzeitig traurig und erleichtert.

„Ein Bett ist doch schöner als eine Matratze“, stellte Lena zufrieden fest und kuschelte sich in die Kissen.

Nicki und Jan schleppten das unhandliche Ding zurück in den Keller.

„Hoffentlich brauchen wir das Teil nicht so bald wieder“, sagte Nicki. „Ich bin es leid, dauernd darüber zu stolpern. Oma hat ganz Recht, dass sie nächstes Mal in eine Ferienwohnung ziehen will.“

„Wenn Patrick kommt ...“, begann Jan, sah seine Schwester an und prustete los.

„Wir sind vielleicht blöd!“, stellte er kopfschüttelnd fest.

„Das kannst du laut sagen!“ Nicki packte das Kopfende und hob es hoch. „Jetzt haben wir uns ganz umsonst damit abgemüht. Los, wir tragen es wieder nach oben, sonst muss Pat noch auf dem Fußboden schlafen.“

Diesmal landete die Matratze im Zimmer von Jan. Er wollte selbst darauf schlafen und dem Freund das Bett überlassen.

Wenn sie in einem Raum schliefen, konnte er ungestört mit Patrick reden, ohne dass die Schwestern etwas von dem Gespräch hörten. Jan war sich nämlich inzwischen nicht mehr ganz so sicher, ob seine Idee so gut war, wie er zuerst gedacht hatte. Immerhin würde der Storchenhof ziemlich viel Geld kosten. Aber versuchen musste er es, das war klar.

Patrick kam mit dem Zug. „Ihr holt mich hoffentlich ab“, hatte er am Telefon gesagt. „Sonst nehme ich mir ein Taxi, und ihr müsst es bezahlen.“

„Der Junge hat wirklich Mut“, sagte Herr Hallwag, als sie auf dem Bahnsteig standen und auf den Zug warteten. „So ganz allein zu verreisen, wenn man nicht sehen kann ...“

„Pat findet nicht, dass es eine besondere Leistung ist“, erwiderte Nicki. „Er hat einen Fahrplan in Blindenschrift dabei und eine Uhr, die ihm sagt, wie spät es ist. Außerdem findet er immer jemanden, der ihm beim Ein- und Aussteigen hilft.“

So war es auch diesmal. Zuerst stieg eine junge Frau aus, stellte ihr Gepäck ab und streckte dann die Hand aus. „Komm, halt dich fest. Achtung, es sind zwei Stufen. Wirst du abgeholt oder ...?“

Aber da waren die Geschwister schon zur Stelle. Im Nu war Patrick umringt.

„Ich sehe schon, du brauchst mich nicht mehr“, lachte die Frau und ging davon.

„Patrick, wir haben eine Riesenüberraschung für

dich“, quiekte Lena. „Hast du deine Reithose dabei?“

„Ich werde doch nicht ohne kommen“, lachte der Junge. „Wie geht’s euren Rössern? Sind sie brav? Oder macht Barnabas wieder mal Blödsinn?“

„Zur Zeit ist er ein Engel“, versicherte Nicki voller Stolz. „Am Wochenende haben wir mit der Mannschaft zweimal Gold gewonnen.“

„Ja, ein neuer Streich ist eigentlich langsam überfällig“, grinste Jan. Er packte den Freund am Arm und führte ihn über den Bahnsteig. Lena ging auf der anderen Seite. Nicki blieb nichts anderes übrig, als hinterherzutrotten.

Nachdem auch die Eltern den Gast begrüßt hatten, fuhren sie zur Wohnung. Ehe es zum Storchenhof ging, wollte Patrick sich umziehen.

„Wir sehen uns dort!“, riefen Jan und Nicki, schwangen sich auf ihre Räder und brausten davon. Für vier Passagiere reichte die Rückbank im Auto nicht aus.

Lena durfte im Wagen mitfahren. So konnte sie dem Jungen von dem geplanten Ritt nach Neuwerk erzählen, ohne von den älteren Geschwistern dauernd unterbrochen zu werden. Das war ihre Entschädigung dafür, dass sie nicht selbst mitreiten durfte.

„Ich fahre mit Mami auf dem Wattwagen mit“, erklärte sie. „Das tun ganz viele, die kein eigenes Pferd haben. Es wird bestimmt lustig.“

In allen Einzelheiten schilderte sie Patrick den Ablauf des Tages. Drei große Transporter würden morgens früh die Pferde der Teilnehmer an den Start bringen. Etwas später sollte ein Reisebus die Reiter und ihre Begleiter hinterherfahren. So kamen alle ausgeruht an, und niemand musste spät am Abend noch mit einem Pferdehänger hinter dem Auto unterwegs sein.

„Das ist auch gut so", sagte sie mit Nachdruck. „Papi und Tanjas Vater haben nämlich keine Zeit, weil sie arbeiten müssen. Aber Gitta kommt mit."

Die Reitlehrerin hatte sich in letzter Minute zum Mitreiten entschlossen. Sie hatte alle Schüler abbestellt, aber niemand war ihr deswegen böse. Die Storchenhofpferde sollten auf die Weide kommen, da musste sich niemand um sie kümmern. Für die Fütterung der anderen hatte sich ein größeres Mädchen gemeldet, das nicht mitfahren konnte.

Als Patrick hörte, was ihn erwartete, lachte er vergnügt. „Im Watt bin ich noch nie geritten", freute er sich.

Auf dem Storchenhof wurde Patrick mit Hallo empfangen. Die Geschwister hatten so viel von ihm erzählt, dass alle ihn mit Spannung erwarteten. Unbefangen mischte er sich unter die Reitschüler. Ganz leicht lag seine rechte Hand auf Nickis Arm. Wer nicht genau hinsah, merkte kaum, dass er geführt wurde.

„Der ist wirklich cool", sagte Bibi leise.

„Und nett“, stellte Stups ebenso leise fest. „Hast du den Witz gehört, den er eben erzählt hat? Irre komisch.“

Alle waren beeindruckt von Patrick, auch Gitta. Sie hatte sich ein bisschen Sorgen gemacht. Doch nachdem sie den Jungen auf dem Pferd gesehen hatte, war sie restlos beruhigt. Er ritt wirklich so gut, wie Nicki behauptet hatte. Mit Maja konnte da eigentlich nichts schief gehen. Die freundliche Stute war das ideale Pferd für ihn.

Der Nachmittag verging wie im Flug. Der Einzige, dem die Zeit bis zum Abend lang wurde, war Jan. Er brannte darauf, mit Patrick unter vier Augen zu sprechen.

Endlich war es Schlafenszeit. So bereitwillig wie heute ging Jan sonst selten zu Bett. Als sie im Dunkeln lagen, rückte er mit seinem Anliegen heraus.

„Gitta braucht einen Sponsor“, wiederholte er die Worte des Eichroder Reiters. „Könnte dein Vater den Hof nicht kaufen und an Gitta verpachten?“

Patrick schwieg eine Weile. Dann sagte er bedächtig: „Ich glaube nicht, dass er das kann, Jan. Wir sind zwar nicht gerade arm, aber so viel Geld hat mein Vater nicht. Er steckt viel von dem, was er verdient, in unsere Connemara-Zucht. Der Betrieb schluckt auch einiges. Und für mich gibt er auch eine Menge Geld aus. Das Internat ist teuer, genau wie mein Computer und das alles.“

„Na ja, war ja nur ’ne Idee“, murmelte Jan enttäuscht. Wie gut, dass er den Schwestern nichts erzählt hatte. Nun konnten sie ihn wenigstens nicht auslachen.

„Kann dein Vater nicht helfen?“, fragte Patrick aus dem Dunkel. „Die Idee ist nämlich gut, finde ich.“

„Meinst du, ich sollte mit ihm reden?“, fragte Jan zögernd.

„Auf jeden Fall!“, sagte der Freund entschieden. „Vielleicht kennt er jemanden, der genug Geld hat.“

„Okay, dann mach ich es“, nahm Jan sich vor. Etwas erleichtert legte er sich zurück. Patrick war ein prima Freund. Obwohl er älter war, behandelte er einen nie von oben herab. Jan war froh, dass Patrick gekommen war.

Am nächsten Morgen war Jan früh auf den Beinen.

„Papi, nimmst du mich mit nach Eichrode? Ich fahre dann später mit dem Bus zurück.“

„Was hast du denn so Dringendes zu erledigen?“, erkundigte sich der Vater schmunzelnd. „Ich dachte, du brauchst jede Minute für Patrick.“

„Mit dem habe ich schon die halbe Nacht gequatscht. Jetzt sind die anderen dran“ , erklärte Jan grinsend.

Doch kaum saßen sie im Auto, rückte er mit dem wahren Grund für sein Mitfahren heraus.

„Papi, auf dem Turnier hat einer gesagt, dass Gitta

einen Sponsor braucht. Jemand, der den Hof kauft und dann an sie verpachtet. Kennst du nicht einen, der das tun könnte?“

Hoffnungsvoll sah er den Vater an.

Anstatt zu antworten, lenkte Herr Hallwag den Wagen an den Straßenrand. Dort bremste er, stellte den Motor ab und drehte sich zu seinem Sohn herum.

„Was ich dir jetzt erzähle, bleibt unter uns, okay?“, sagte er so ernst, dass Jan nur nicken konnte.

„Also, hör zu. Es gibt tatsächlich jemanden, der vielleicht bereit ist, genau das zu tun. Ob es klappt, hängt davon ab, wie viel der Hof kosten soll. Wenn der Preis nicht zu hoch ist, wird derjenige ihn wahrscheinlich kaufen. Es entscheidet sich morgen, wenn ihr nach Neuwerk reitet.“

„Weiß Gitta das schon?“, fragte Jan atemlos.

Der Vater schüttelte den Kopf. „Nein, und sie soll es auch nicht erfahren. Wir wollen ihr keine Hoffnungen machen, die dann vielleicht enttäuscht werden. Und deshalb wirst du bitte den Mund halten, okay? Gitta erfährt von dir kein Wort! Versprochen?“

„Versprochen! Ich schwöre es!“

„Gut, ich vertraue dir.“ Herr Hallwag ließ den Motor wieder an. Er lächelte seinem Sohn zu. „Willst du gleich hier aussteigen und zurücklaufen? Sehr weit sind wir ja noch nicht gekommen.“

„Stimmt.“ Jan lachte und kletterte aus dem Auto. Er fühlte sich unendlich erleichtert. Wenn es eine Chance gab, würde der Vater sie sich nicht entgehen lassen.

Erst als er heimwärts trottete, fiel ihm ein, dass er eine wichtige Frage nicht gestellt hatte. Wer war der Unbekannte, der bereit war, Gitta zu helfen?

Der Ritt durchs Watt

Am nächsten Morgen ging es in aller Frühe los. Als die Reiter und ihre Begleiter auf den Storchenhof kamen, waren die Pferde schon unterwegs zur Küste. Gitta hatte sie fast ohne Hilfe verladen. Nur der Fahrer des Transporters hatte mit angepackt.

Um kurz nach sieben kam der Reisebus, in dem schon die Eichroder Teilnehmer saßen. Nicki suchte sich einen Fensterplatz und zog Patrick neben sich. Jan und Lena enterten die Sitze dahinter.

„Wir erzählen dir alles, was wir sehen“, versprach Lena.

Und genau das taten sie. Zuerst lachten einige der anderen Reisenden spöttisch. Aber als sie erfuhren, dass die Beschreibungen der vorbeiziehenden Landschaft für einen blinden Jungen bestimmt waren, schwiegen sie verlegen. Und kaum hatte sich herumgesprochen, dass Patrick den Ritt mitmachen würde, wollten alle ihn kennen lernen.

Natürlich wurden auch ein paar kritische Bemerkung laut.

„Na, ob das klappt?“, fragte eine misstrauische Stimme.

Und andere meinten: „Gitta ist ganz schön mutig, dass sie sich darauf eingelassen hat.“

„Dummköpfe“, murmelte Bibi, die in der Nähe saß.

„Lass mal, wenn sie Pat auf ’nem Pferd sehen, sind sie garantiert ruhig“, sagte Stups leise.

Voller Vorfreude dachte sie an ihren Ritt auf Barnabas und an die Fahrt im Wattwagen, die davor kam. Ab und zu kniff sie sich sogar in den Arm, weil sie ihr Glück kaum glauben konnte.

„Nun krieg dich mal wieder ein“, spottete Bibi gutmütig. Dabei war sie mindestens genauso aufgeregt wie die Freundin. Was Wolli wohl zu dem unbekannten Boden sagen würde? Aber wenn Barnabas vorneweg ging, lief er sicher brav hinterher. Bisher war er seinem Freund immer gefolgt.

Die Transporter warteten auf einem Parkplatz, der ganz in der Nähe des Strandes lag. Die Pferde wurden ausgeladen, gesattelt und herumgeführt. Sie sollten sich nach der langen Fahrt erst einmal die Beine vertreten.

Dann ging es endlich los. Ein Eichroder Reiter setzte sich an die Spitze und führte die Gruppe zu dem Platz, wo die Wattwagen warteten. Pferde und Wagen durften nämlich nur an einer ganz bestimmten Stelle an den Strand.

Schnaubend und prustend, misstrauisch und wachsam betraten die Pferde den unbekannten Boden. Alle kannten Gras und Sand, Steine und Pflaster unter ihren Hufen – doch der weiche Meeresboden war den meisten fremd.

Barnabas stieß erregt den fremden Geruch durch die Nüstern.

Nicki hatte Mühe, ihn zum Weitergehen zu überreden. Ganz im Gegensatz zu sonst machte er nur zögernd ein paar Schritte vorwärts, blieb dann stehen, wollte umdrehen und stieg plötzlich auf die Hinterbeine.

„Spinnst du?!“, schrie Nicki erschrocken und warf sich nach vorn. Aber da stand er schon wieder auf allen vieren, tänzelnd wie ein Zirkuspferd.

Wolli betrachtete seinen aufgeregten Freund mit großen Augen. Er hatte keine Ahnung, warum der Graue sich so seltsam benahm. Bibi auf seinem Rücken lachte, bis ihr die Tränen kamen. Die anderen grinsten. Auch Patrick, der auf Maja saß, lächelte. Er hatte genau mitgekriegt, was neben im passiert war.

Zu Nickis Erleichterung gab es noch mehr Pferde, die sich anders benahmen, als ihre Reiter es von ihnen gewohnt waren.

Sogar Gittas erfahrener Joschi zog eine kleine Show ab.

Doch es dauerte nicht lange, da kehrte wieder Ruhe ein, und der Ritt konnte endlich losgehen.

Inzwischen hatten sich die pferdelosen Begleiter auf die wartenden Wattwagen verteilt. Die Fahrer nahmen die Zügel auf, riefen: „Hüh!“, und schmatzend drehten sich die Räder im Schlick. Dahinter folgte die Karawane der Reiter.

Patrick war von den „Störchen“ umringt. Er durfte ihnen auf keinen Fall verloren gehen. Nicki hatte das Erzählen übernommen.

„Man kann ganz weit gucken, Pat. Eigentlich gibt es gar keinen Horizont. Das Watt hat die gleiche Farbe wie der Himmel. Neuwerk kann man gerade ahnen, aber nicht richtig erkennen. Überall fahren Wagen, und ganz viele Leute sind zu Fuß unterwegs. Die meisten laufen barfuß, aber einige haben auch Gummistiefel an.“

Haarklein berichtete sie ihm, was sie sah. Als der erste kleine Priel kam, warnte sie: „Pass auf, Pat, jetzt müssen wir durchs Wasser.“ Aber nicht Maja, sondern ihr Barnabas machte davor Theater.

„Du bist heute unmöglich“, schimpfte Nicki. „Du gehst doch sonst durch jede Pfütze.“

Gitta, die weiter vorne bei den Eichrodern ritt, drehte sich um.

„Da kannst du nicht stehen bleiben!“, rief sie lachend. „In ein paar Stunden ist hier überall Wasser."

„Weiß ich", knurrte Nicki. Sie gab dem Grauen einen energischen Puff mit den Hacken. „Los, Barni, sei jetzt vernünftig."

Endlich ließ ihr Pferd sich zum Weitergehen überreden, und nachdem er einmal mit den Beinen im Wasser gewesen war, stapfte er unverdrossen durch alle noch folgenden Priele.

Je länger sie unterwegs waren, desto wärmer wurde es. Immer wieder ritt einer zu den Wattwagen hinüber und reichte Pullover oder Jacken hinauf, die am frühen Morgen dringend nötig gewesen waren. Als sie Neuwerk erreichten, hatten die meisten nur noch ein T-Shirt an. Und natürlich die Reithosen.

„Es war super!" Dieser Meinung waren alle, die mitgeritten waren. Aber auch die anderen waren zufrieden.

„Auf dem Wagen war es toll", versicherte Lena der Schwester. „Ich weiß jetzt ganz viel über das Watt und die Nordsee und über Neuwerk."

„Dafür weiß ich, dass Barnabas immer noch seinen eigenen Kopf hat", lachte Nicki. „Mach dich auf was gefasst, Stups, wenn du ihn nachher zurückreitest. Halte dich an Wolli, der ist heute viel vernünftiger als unser Frechdachs."

Der Eichroder Reiter, der den Ritt organisiert hatte, hatte auch dafür gesorgt, dass die Pferde für den

Tag untergebracht waren. Sie bekamen Wasser und Heu und durften sich auf einem sandigen Platz wälzen. Anschließend wurden sie auf eine Weide gebracht, die in viele kleine Stücke unterteilt war. Dort konnten sie grasen, bis es wieder zurückging.

Während die Zweibeiner die Insel erkundeten, kam langsam die Flut. Die „Störche" standen auf dem Deich und schauten zu, wie sich das Watt in Meer verwandelte.

„Da sind wir vorhin noch geritten", sagte Bibi ehrfürchtig.

„Na, das ginge jetzt jedenfalls nicht mehr", erwiderte Tanja und grinste.

Sie war weniger beeindruckt, weil sie das alles schon einmal erlebt hatte.

„Und das Wasser ist nachher wirklich wieder weg?" Lena konnte es kaum glauben.

„Kinder, ich habe Hunger!" Nicki sah auf die Uhr. „Kein Wunder, es ist längst Mittag."

Einträchtig machten sie sich auf die Suche nach den Erwachsenen, die irgendwo die mitgebrachte Verpflegung bewachten. Trotz Lenas Befürchtung wich das Meer allmählich wieder zurück. Immer mehr Land tauchte auf, und endlich wurde zum Rückritt aufgerufen.

Es war immer noch sehr warm. Nach dem ersten Trab schwitzten alle Pferde.

„Gut, dass es hier keine Mücken und Bremsen

gibt“, stellte Bibi erleichtert fest. „Wolli wird immer so zappelig, wenn die um ihn herumschwirren.“

Die „Störche“ ritten in einer breiten Reihe. In der Mitte, zwischen Maja und Barnabas, ging der Haflinger. Tanja hatte Alena neben den Grauen gelenkt. Auf der anderen Seite lief Joschi. Es gab ja so viel Platz, da konnte man sich ruhig breit machen.

„Traut ihr euch einen Galopp zu?“, fragte Gitta unternehmungslustig.

„Warum denn nicht?“, fragte Bibi erstaunt zurück. Sie waren doch schon mindestens tausendmal mit ihren Pferden galoppiert.

„Weil es hier leicht passieren kann, dass ein Pferd abgeht wie die Feuerwehr“, erklärte Gitta.

„Manche gehen richtig durch“, sagte Tanja von der anderen Seite. „Beim letzten Mal sind einige runtergefallen.“

„Na und?“ Jan zuckte die Schultern. „Was soll's? Hier gibt's weder Straßen noch Autos.“

„Und irgendwann geht ihnen garantiert die Puste aus“, grinste Bibi.

Nein, sie hatten keine Angst. Einen Galopp wollten alle versuchen.

„Na, dann los.“ Gitta gab das Zeichen zum Start. Fast gleichzeitig wechselten die Pferde die Gangart. Barnabas wollte vorpreschen, aber Stups konnte ihn ohne Schwierigkeiten zurückhalten. Nebeneinander jagten die fünf Pferde dahin.

Nicki beobachtete das Rennen vom Wattwagen aus und seufzte tief. Wie gerne wäre sie jetzt dabei gewesen! Aber sie sprach es nicht aus. Patrick sollte nicht denken, er hätte ihr etwas verdorben.

Rechtzeitig vor dem nächsten Priel parierten die Reiter wieder zum Schritt durch. Die Pferde platschten ins Wasser. Mittendrin blieb Joschi stehen und begann zu scharren.

„Nein, du legst dich nicht hin!“, schrie Gitta auf. Energisch trieb sie den Schwarzen an. Widerwillig folgte er ihren Hilfen. Zu gerne hätte er ein kühles Bad genommen.

Sein Verhalten hatte Barnabas auf die gleiche Idee gebracht.

Ehe Stups begriff, was er vorhatte, knickte der Graue mit den Vorderbeinen ein. Im nächsten Moment lag die verblüffte Reiterin im Wasser.

Unter dem schallenden Gelächter der anderen rappelte Stups sich auf. Neben ihr kam Barnabas prustend wieder auf die Beine. Beide trieften um die Wette, sonst war nichts passiert.

Stups erholte sich schnell von ihrem Schreck.

„Jetzt weiß ich endlich, warum Nicki mir Barni überlassen hat", sagte sie grinsend.

Dann saß sie wieder auf. Dass sie klatschnass war, störte sie kein bisschen. In der Sonne würde sie schon wieder trocknen. Und dass sie auf der Rückfahrt vermutlich nach altem Schlamm riechen würde, war ihr ziemlich egal. Ihre Nase war nicht besonders empfindlich.

Als Letzte erreichte sie den Strand. Die Pferde wurden abgesattelt und verladen. Dann machten es sich die Reiter im Bus bequem.

Als Stups zu ihrem Platz ging, musste sie sich eine Menge Spott anhören. Aber sie war nicht auf den Mund gefallen und reagierte schlagfertig.

„Ihr seid ja nur neidisch, dass ich mich abkühlen konnte und ihr nicht", lachte sie. „Es war wirklich sehr erfrischend. Außerdem wollte ich schon lange mal in der Nordsee baden."

Auf der Heimfahrt wurde es nach und nach still im Bus. Der lange Tag an der frischen Luft hatte alle müde gemacht. Nur der Fahrer war munter, aber das musste er ja auch sein.

Als der Bus vor dem Storchenhof hielt, schlief Lena fest.

Zum Glück war der Vater mit dem Auto da, um seine Familie abzuholen. Gitta hatte während der Fahrt alle angerufen, die jemanden „einsammeln“ wollten.

Jan hielt mit letzter Kraft die Augen offen.

„Habt ihr schon was erreicht, Papi?“, fragte er flüsternd.

„Ja, Jan. Es sieht sehr gut aus“, war die leise Antwort. „Die letzte Entscheidung fällt morgen.“

Der neue Besitzer

Am nächsten Tag schliefen die Kinder länger als sonst.

Als Jan endlich aufwachte, war der Vater längst zur Arbeit gefahren.

So ein Mist! Jan war wütend auf sich selbst. Jetzt musste er den ganzen Tag warten, bis er etwas erfuhr. Und den anderen durfte er noch immer nichts erzählen. Es war kaum auszuhalten.

Zum Glück war Patrick noch da. Nach dem Frühstück bummelten sie zum Storchenhof, um nach den Pferden zu sehen.

Als sie ankamen, ritt Gitta gerade Caruso. Der Schecke hatte sich prächtig entwickelt. Er lernte schnell und war mit Freude bei der Arbeit. Man konnte ihm ansehen, wie gern er geritten wurde.

„Am liebsten würde ich ihn behalten“, sagte Gitta, als sie die Stunde beendete. „Moni würde ihn mir sogar verkaufen. Aber was soll ich mit noch einem Pferd? Ich weiß ja noch nicht mal, wo ich mit den anderen bleiben kann.“

Hier!, wollte Jan rufen, aber im letzten Moment presste er die Lippen zusammen.

Um sich selbst abzulenken, fragte er: „Wer hat gestern eigentlich die Pferde ausgeladen?“

„Na, wer wohl?“, fragte Gitta zurück.

„Die Heinzelmännchen?“, schlug Nicki lachend vor.

„Ich wollte, ich hätte welche“, sagte Gitta mit einem Seufzer. „Dann könnte ich mich jetzt wieder schlafen legen. Ich bin verflixt müde von gestern.“

Sie gab Nicki die Zügel in die Hand. „Sei so lieb, und bring ihn zurück. Dann kann ich Jerry fertig machen.“

Als sie in Richtung Hof ging, heftete Clown sich an ihre Fersen. Er war selig, dass seine geliebte Herrin wieder da war und ließ sie keinen Moment aus den Augen. Der lange Tag ohne sie hatte ihm gar nicht gefallen. Ganz allein hatte er Haus und Hof bewachen müssen. Eine anstrengende Aufgabe für einen kleinen Hund.

Während Gitta sattelte, klingelte ihr Handy. Sie angelte es aus der Westentasche und meldete sich.

„Paul, du?“, wunderte sie sich. „Heute Abend? Ja, das geht, ich habe nichts vor. Ich komme, wenn ich hier fertig bin. Ja, so gegen neunzehn Uhr. Bis dann.“

Sie steckte das Handy zurück. „Das war euer Vater“, sagte sie dabei.

Aber das hatten die Kinder längst herausgehört. Ihr Vater war der einzige Paul weit und breit.

„Was will er denn von dir?“, fragte Lena neugierig wie immer.

„Das hat er mir nicht gesagt.“ Gitta zuckte die Schultern. Sie schien überhaupt nicht neugierig zu sein.

Jan trat unruhig von einem Bein aufs andere. Bis zum Abend war es noch so lange hin. Er konnte die Spannung schon jetzt fast nicht mehr aushalten. Wenn er doch wenigstens reden dürfte. Aber er hatte versprochen zu schweigen. Nun musste er auch durchhalten.

Für den Rest des Tages war Jan auffallend schweigsam. Den Schwestern fiel das jedoch nicht weiter auf. Sie schwatzten mit Patrick, zogen Stups mit ihrem unfreiwilligen Bad auf und redeten fast nur von dem gestrigen Ritt. Sogar beim Mittagessen war von nichts anderem die Rede.

Genervt zog Jan sich in sein Zimmer zurück und hockte sich aufs Bett. Irgendwie musste er die Stunden bis zum Abend herumkriegen.

Als die anderen am Nachmittag zu einem Bummel durch Hudewald loszogen, blieb er daheim.

„Ich hab keine Lust", war alles, was er sagte.

„Dann eben nicht. Das Eis schmeckt uns auch ohne dich", sagte Nicki mit einem Schulterzucken.

„Guten Appetit", wünschte Jan knurrig und ließ sie ziehen.

Kaum waren sie fort, stürzte er zum Telefon.

„Papi, bitte sag mir, was los ist", flehte er. „Ich werde verrückt, wenn ich nicht bald was erfahre."

Am anderen Ende lachte der Vater leise auf. „Beruhige dich, Jan, es ist alles in Butter. Wir haben den Storchenhof gerettet. Heute Abend werdet ihr die neuen Besitzer kennen lernen. Ich wette, sie gefallen euch."

„Hurra!", brüllte Jan erleichtert. Er raste zur Tür und polterte die Treppen hinunter, als würde er verfolgt. Unten riss er sein Rad aus dem Ständer und flitzte hinter den Geschwistern her. Sein Appetit auf Eis war plötzlich riesengroß.

Kurz vor der Eisdiele holte er die anderen ein.

„Du hast ja plötzlich so gute Laune", wunderte

sich Nicki, als sie sein breites Grinsen sah. „Was war denn vorhin los mit dir?"

„Och, nichts weiter", wich er aus und versuchte, nicht ganz so fröhlich auszusehen. Besonders gut gelang es ihm nicht. Immer wieder zogen sich seine Mundwinkel auseinander.

Zum Glück beachteten ihn die Schwestern nicht weiter. Lena las Patrick die Eiskarte vor, und Nicki gab eine Beschreibung der Köstlichkeiten dazu. Damit waren sie eine ganze Weile beschäftigt, denn die Karte war lang.

Als der Eisbecher vor ihm stand, tastete Patrick kurz über den Tisch. Dann begann er langsam und mit Genuss das Eis in sich hineinzulöffeln. Im Gegensatz zu Lena, der ein großer Klecks auf die nackten Beine fiel, kleckerte er kein einziges Mal.

Auf dem Heimweg schob Jan sein Rad neben den anderen her. Er hatte es nicht mehr eilig. Bis Gitta vom Storchenhof kam, würden sie längst zu Hause sein. Und vorher würde der Vater garantiert keine Silbe verraten.

Gitta kam schon vor der verabredeten Zeit. Trotzdem fragte sie besorgt: „Bin ich zu spät?"

„Du bist genau richtig", versicherte Jan. Er grinste schon wieder. Aber genau genommen hatte er damit in den letzten Stunden gar nicht aufgehört.

Als die ganze Mannschaft Platz genommen hatte, sagte Herr Hallwag: „Ich habe Neuigkeiten, die nicht nur Gitta, sondern uns alle angehen. Es sind zwei Nachrichten, eine schlechte und eine gute. Soll ich mit der schlechten anfangen?“

„Ja, bitte“, sagte Gitta und fügte gleich hinzu: „Es gibt also einen Käufer für den Storchenhof, nicht wahr?“

„Ja“, sagte Herr Hallwag einfach. „So ist es.“

Jan meldete sich wie in der Schule und schnippte ungeduldig mit den Fingern.

„Weiter, Papi, sag die gute Nachricht!“, schrie er aufgeregt.

Der Vater blinzelte ihm zu.

„Die gute Nachricht“, sagte er langsam, „die gute besteht darin, dass die neuen Besitzer sehr nett und verständnisvoll sind und einen neuen Pachtvertrag abschließen wollen. Zunächst einmal für zehn Jahre, aber ...“

Seine nächsten Worte gingen in ohrenbetäubendem Jubel unter. Alles schrie und brüllte durcheinander. Lachend wartete er, bis sich die erste Aufregung gelegt hatte und er sich wieder verständlich machen konnte.

„Die Sache hat nur einen kleinen Haken“, sagte er, als endlich Ruhe eingekehrt war. „Die neuen Besitzer wollen selber auch auf dem Hof wohnen.“

„Wenn es weiter nichts ist“, lachte Gitta. „Ich werde mich schon mit ihnen vertragen. So übel können sie ja nicht sein, wenn sie mir den Hof lassen.“

„Nein, so übel sind sie nicht“, schmunzelte Herr Hallwag.

„Sie kommen übrigens her, um sich vorzustellen. Eigentlich müssten sie sogar schon da sein.“

Genau in diesem Augenblick klingelte es. Jan sprang auf und raste zur Tür. Draußen stand die Großmutter.

„Ist bloß Oma!“, schrie er über die Schulter zurück. Dann stutzte er. „Wieso bist du denn schon wieder da?“

„Soll ich wieder gehen?“, erkundigte sich die Oma vergnügt. „Oder darf ich auf eine Tasse Kaffee bleiben?“

Verlegen gab Jan den Weg frei. „Wir warten auf ganz wichtige Leute“, erklärte er sein unhöfliches Verhalten.

„Schon gut.“ Sie nickte ihm zu, stellte ihren kleinen Koffer ab und ging ins Wohnzimmer.

Lena hüpfte ihr entgegen. „Super, dass du wieder da bist, Oma. Bleibst du lange?“

„Ich denke schon“, sagte die Großmutter schmunzelnd. „Vielleicht sogar länger, als euch lieb ist.“

Sie gab Gitta die Hand, umarmte die anderen und setzte sich. Es wurde still im Zimmer. Die Kinder sahen abwechselnd zur Tür und zur Uhr.

„Besonders pünktlich sind die aber nicht“, beschwerte sich Nicki.

„Der Zug hatte Verspätung“, sagte Oma Hallwag. Verständnislos sahen ihre Enkel sie an.

„Davon reden wir doch gar nicht", sagte Jan.

„Doch, davon reden wir", bemerkte sein Vater und trat hinter die Großmutter. Er legte ihr die Hand auf die Schulter und schaute lächelnd in die Runde. „Hier seht ihr sie – die neuen Besitzer vom Storchenhof! Sie heißen Hallwag."

„Paul!" Gitta sprang auf und fiel ihm um den Hals. „Paul, ist das wahr?" Sie konnte es nicht glauben. „Ihr habt den Storchenhof gekauft?"

„Haben wir", bestätigte Oma Hallwag lächelnd. „Und nun werden Sie sich mit uns abfinden müssen, Gitta. Denn natürlich werden wir so bald wie möglich umziehen."

„Hurra! Hurra! Hurra!" Drei überglückliche Kinder tobten um den Tisch. Nur Patrick blieb auf seinem Stuhl sitzen. Er kannte die Wohnung nicht gut genug, um herumzurennen. Aber er lachte mit den anderen um die Wette und freute sich für seine Freunde.

Später, als alle sich wieder beruhigt hatten, begannen die Fragen. Die erste kam von Lena.

„Woher hast du denn das viele Geld, Papi?", wollte sie wissen. „Du sagst doch immer, wir fressen dir noch mal die Haare vom Kopf. Weil wir dauernd Wünsche haben."

„Ja, das möchte ich auch gerne wissen, Paul", hakte Gitta ein. „Ich weiß, was die Albrecht-Söhne verlangt haben."

„Die Summe war natürlich völlig überzogen“, winkte Herr Hallwag ab. „So viel hätte niemand bezahlt. Zum Glück hatten sie es sehr eilig mit dem Verkauf, deshalb konnten wir sie kräftig herunterhandeln. Den Löwenanteil hat ohnehin unsere Oma übernommen. Ich habe nur das beigesteuert, was die Bank mir leihen wollte.“

„Oma?“ Drei Augenpaare richteten sich auf die Großmutter. „Hast du etwa im Lotto gewonnen?“

„Nein, das nun nicht.“ Die Großmutter schüttelte lachend den Kopf. „Ich werde mein Haus in München verkaufen. Deshalb musste ich auch hinfahren, um alles in die Wege zu leiten. Um den Rest kümmern sich nun die Makler.“

„Mensch!“, sagte Jan erschüttert. „Du machst Sachen!“

Die Großmutter zwinkerte ihm zu. „Wenn ihr mich nicht haben wollt, kann ich die Sache sicher noch rückgängig machen.“

„Bloß nicht!“, schrie Nicki auf.

Gitta sah nachdenklich aus. „Wird es Ihnen denn hier nicht langweilig werden, Frau Hallwag?“, fragte sie.

„O nein, bestimmt nicht“, versicherte Oma Hallwag lebhaft. „Ich habe genug zu tun, wenn ich mich erst einmal eingerichtet habe.“

„Was willst du denn machen?“, fragte Lena neugierig.

„Ja, das wüsste ich auch gern“, sagte ihre Mutter. „Davon hast du uns noch gar nichts erzählt.“

„Man muss ja nicht immer gleich alles ausplaudern“, schmunzelte die Großmutter.

Sie hob die Hand und zählte an den Fingern ab, was sie sich vorgenommen hatte.

„Als Erstes werden Hühner angeschafft. Ich bin nämlich auf dem Land groß geworden und weiß noch, wie gut die Eier von den eigenen Hennen schmecken. Dann ist da der große Garten. Ich freue mich schon die ganze Zeit darauf, ihn ordentlich in Schuss zu bringen. Gitta hat ja doch keine Zeit dafür. Sie wird mir also nicht ins Handwerk pfuschen.“

„Ganz bestimmt nicht!“, bestätigte Gitta lachend.

„Und ich auch nicht“, versicherte Frau Hallwag entschieden.

„Da hört ihr es.“ Die Großmutter zwinkerte den Kindern zu.

„Und weiter?“, bohrte Jan. „Was noch?“

„Im Haus werde ich mir einen Raum als Unterrichtszimmer einrichten“, fuhr die Großmutter bereitwillig fort. „Ihr wisst ja, dass ich Lehrerin war. Jetzt habe ich wieder Lust, anderen etwas beizubringen. In Hudewald gibt es eine ganze Reihe von Schülern, die Nachhilfestunden oder Musikunterricht haben wollen ...“

„Jetzt weiß ich endlich, was die komischen Bemerkungen bedeutet haben, die wir dauernd ausrichten mussten“, unterbrach Jan die kleine Rede. „Du hast Kunden gesammelt, stimmt's?“

„So könnte man es nennen“, gab die Großmutter zu.

Während sie weiter von ihren Plänen erzählte, sah Nicki immer wieder sehnsüchtig zum Telefon. Schließlich hielt sie es nicht länger aus.

„Darf ich es den anderen sagen? Bitte!“

Lächelnd schob die Mutter ihr den Apparat hin. Dankbar griff Nicki danach und verschwand in ihrem Zimmer. Kurz darauf klappte mehrmals die Wohnungstür. Füße tappten durch den Flur. Aufgeregte Stimmen drangen bis ins Wohnzimmer. Jan und Lena sprangen auf und flitzten hinüber.

Ein halbes Dutzend Mädchen hatte sich in Nickis Zimmer versammelt.

„Und es ist wirklich wahr?“, fragte Stups gerade mit atemloser Stimme.

„Und ob es wahr ist!“, versicherte Nicki. „Es muss noch eine Menge getan werden, Zimmer renoviert und so, aber dann ziehen wir um. Wahrscheinlich noch vor den Herbstferien.“

„Wir ziehen auf den Storchenhof, wir ziehen auf den Storchenhof“, sang Lena glücklich vor sich hin.

„Und wenn wir eingezogen sind – will Oma Reitstunden nehmen. Sie hat es gerade gesagt!“, rief Jan lachend von der Tür her. „Und sie tut es! Wollen wir wetten?“

Aber auf diese Wette wollte niemand eingehen. Oma Hallwag war alles zuzutrauen.